Christian Oehlschläger

Draußen vom Walde

Jagd- und Weihnachtsgeschichten

Für Tante Frieda

Christian Oehlschläger

Draußen vom Walde

Jagd- und Weihnachtsgeschichten

mit Zeichnungen von

Elisabeth Paetz-Kalich

NEUMANN-NEUDAMM

Christian Oehlschläger, 1954 in Hannover geboren, lebt als Förster in Niedersachsen, nachdem er mehrere Jahre in Mittel- und Südamerika als forstlicher Berater tätig war. Neben zahlreichen Beiträgen für die Fachpresse sind von ihm die zwei Kurzgeschichtenbände *Seltene Beute* (Landbuch 1990) und *Wildwechsel* (Landbuch 1998) sowie die Kriminalromane *Der Schwanenhals* (Neumann-Neudamm 2005) und *Der Kohlfuchs* (Neumann-Neudamm 2006) erschienen.

Weitere Informationen im Internet unter:
www.christian-oehlschlaeger.de

Originalausgabe
2. durchgesehene Auflage 2008
ISBN 13: 978-3788811396

Schwalbenweg 1, 34212 Melsungen
Tel. (0 56 61) 92 62-26, Fax (0 56 61) 92 62-20
http://www.neumann-neudamm.de
Lektorat, Layout und Satz: Ulrich Hilgefort, Hannover
Druck und Weiterverarbeitung: Bercker Graphischer Betrieb, Kevelaer
Printed in the European Community

Inhalt

Von drauß', vom Walde komm ich her;
ich muss euch sagen, es weihnachtet sehr!
Allüberall auf den Tannenspitzen
sah ich goldene Lichtlein blitzen,
und droben aus dem Himmelstor
sah mit großen Augen das Christkind hervor.

Und wie ich strolcht' durch den finsteren Tann,
da rief's mich mit heller Stimme an:
»Knecht Ruprecht«, rief es, »alter Gesell',
hebe die Beine und spute dich schnell!

Die Kerzen fangen zu brennen an,
das Himmelstor ist aufgetan,
Alt' und Junge sollen nun
von der Jagd des Lebens einmal ruhn.
Und morgen flieg ich hinab zur Erden,
denn es soll wieder Weihnachten werden!«

(aus: »Knecht Ruprecht« von Theodor Storm, 1817–1888)

Eine schöne Bescherung

Nach vielen, vielen Jahren schien es endlich wieder eine weiße Weihnacht zu geben. Und was für eine!

Drunten im Dorf lag der Schnee gut einen halben Meter hoch. Die Nebenstraßen, Fußwege und der Marktplatz waren nur notdürftig geräumt. Die Hauptstraße glich mit ihrer fest gefahrenen Schneedecke einer wahren Rodelpiste. An ihren Rändern türmte sich der Schnee, so dass Begrenzungspfähle, Hydranten, der Briefkasten oder gar die Bushaltestelle nur zu erahnen waren. Die Bauernhöfe mit den alten, knorrigen Eichen, die schnuckelige Backsteinkirche, die Dorfschule und die anderen Häuser sahen malerisch aus, wie in Zuckerwatte gepackt.

Weiter oben auf den seichten Hügeln und in den umliegenden Wäldern lag stellenweise sogar noch mehr Schnee. Hier hatte der kräftige Wind der letzten Tage meterhohe Verwehungen entstehen lassen. An besonders exponierten Stellen hatte die launische Natur wahre Kunstwerke gebildet.

Wir schrieben den 23. Dezember – Sonntag, den vierten Advent.

Am Himmel zog von Osten schon wieder eine dunkle, graue Wand heran. Neuerlicher Schneefall kündigte sich an. Im Dorf war es still geworden. Soeben noch hatte eine johlende Kinderschar den Kirchberg und die Hauptstraße bevölkert. Die Dorfjugend rodelte gern mit Begeisterung die kurzen, aber recht steilen Hänge neben der Kirche hinunter. Nicht selten endete die rasante Fahrt vor dem Kühler eines Pkws oder gar knapp vor einem Traktor auf der Dorfstraße.

Jetzt aber, am frühen Nachmittag, herrschte mit einem Mal weihnachtliche Stille. Die Kinder und Jugendlichen waren mit vor Kälte und Vorfreude geröteten Gesichtern und Ohren in ihre Häuser zurückgekehrt, um sich für den Weihnachtsmarkt und das anschließende Krippenspiel in der Kirche zurechtzumachen. Wie jedes Jahr am 4. Advent sollte mitten im Ort auf dem Marktplatz der traditionsreiche Weihnachtsmarkt mit allerlei Ständen und Buden stattfinden.

Ludwig Lüssenhop stand in der halbgeöffneten Waschküchentür und steckte missgestimmt seine lange Nase in den Wind.

»Da liegt was in der Luft!« Er schnupperte unruhig und ließ dabei seine Nasenflügel beben. »Ein Unheil!«

»Was murmelst du da?«, hörte man eine Frauenstimme aus dem Inneren des Hauses rufen.

Doch der Jagdaufseher antwortete nicht. Regungslos stand er da, blickte gen Himmel und nahm Witterung auf.

»Ludwig! – Ludwig, bist du noch da?«

»Ja, ja!« Der alte Mann senkte das schneeweiße Haupt. Seine kleinen, in unzählige Falten und Fältchen gebetteten Augen suchten das Außenthermometer.

»Sapperlot! Bereits 11 Grad unter Null«, nuschelte er. »Bei der Kälte wird es doch nicht anfangen zu schneien.«

»Nun mach endlich die Tür zu. Sonst friert mir noch der Wasserhahn ein.« Die Frauenstimme klang nun sehr energisch.

Ludwig Lüssenhop schloss langsam die Tür und schob den Riegel vor. Im gleichen Augenblick tanzten die ersten Schneeflocken vom Himmel.

»Kannst du mir bitte die Schachtel mit den Christbaumkugeln vom Schrank holen?«, bat Erna Lüssenhop ihren Mann, während sie an dem noch ungeschmückten Weih-

nachtsbaum herumzupfte. »Du weißt doch, da oben komme ich nicht heran.«

Trotz seines hohen Alters - Ludwig Lüssenhop zählte immerhin schon 87 Lenze - kletterte er auf einen Stuhl. Er schwankte kurz, fand jedoch rasch sein Gleichgewicht wieder. Wortlos griff er nach dem vergilbten Karton mit den Glaskugeln.

»Schön vorsichtig!« Seine Frau lächelte nun. »Du weißt schon. Die sind noch aus Breslau ... !«

»Ja, ja!«, beruhigte er sie. Die Bemerkung mit Breslau machte seine Frau jedes Jahr aufs Neue. Sein Blick wanderte zum Wohnzimmerfenster. »Schau nur, jetzt fängt es doch tatsächlich wieder an zu schneien!«

»Ist doch herrlich. Wie viele Jahre mussten wir auf ein weißes Weihnachtsfest warten.«

»Und das Wild?« Ludwig Lüssenhop stieg vom Stuhl. »Seit sechs Wochen haben wir eine geschlossene Schneedecke und hart gefrorenen Erdboden. Das Wild leidet Not. Und das bereits am Anfang des Winters.«

»Ach du und dein Wild. Denk lieber an die vielen Kinder, die sich an der weißen Pracht erfreuen. Bei uns im Osten gehörte der Schnee zu Weihnachten wie der Tannenbaum oder der Weihnachtsmann.«

Der Jagdaufseher stellte die Pappschachtel auf den Esszimmertisch und trat ans Fenster. »Vor allem die Sauen haben zu leiden«, fuhr er fort. »Eicheln und Bucheckern hat es diesen Herbst so gut wie keine gegeben. Selbst im Wald unter der Streu ist der Boden doch steinhart gefroren. Da kommen die nirgends mit ihrem Gebrech in die Erde. Engerlinge und Mäusenester bleiben unerreichbar. Wenn ich nicht füttern würde, wären bestimmt schon einige von ihnen verendet.«

»Aber du bist doch schon seit einer Woche nicht mehr füttern gewesen«, sagte seine Frau, während sie den Staub von dem Karton mit dem Weihnachtsschmuck blies. »Du könntest doch den armen Schweinen zu Weihnachten eine kleine Freude machen und ihnen noch etwas hinausbringen.«

Ludwig Lüssenhop schüttelte unwirsch den Kopf. »Was kann ich denn dazu, wenn mein Lada vor den Schneewehen kapituliert. Und Drösemeyers Erich hat vor den Festtagen keine Zeit mehr. Du weißt schon, wegen der Weihnachtsgänse ... !« Verärgert zupfte er an seinem Ohrläppchen. »Gleich nach Weihnachten will er mit Schlepper und Schneepflug durchs Revier fahren, hat er versprochen. – So, und nun genug palavert. Ich gehe mich jetzt umziehen.«

Erna Lüssenhop zog es vor zu schweigen. Sie goss sich eine Tasse Tee ein, knabberte an einem Spekulatius und betrachtete nachdenklich den Weihnachtsbaum. Sie hatte bei ihrem Mann einen wunden Punkt berührt: das Alter und die damit verbundenen Veränderungen.

Früher, als er noch jung und agil war, hatte Jagdaufseher Lüssenhop bei hoher Schneelage zu Fuß gefüttert. Rucksack um Rucksack hatte er in den Wald getragen. Oft hatte er auch einen Schlitten benutzt, den er sich eigens für diese Zwecke gebaut hatte. Heu, Hafer, Mais, trockenes Brot, ja sogar zentnerweise Zuckerrüben hatte er per Muskelkraft in den Wald geschleppt. Zuweilen war er auch mit Skiern oder gar Schneeschuhen losgezogen, die ihm ein Jagdfreund aus Finnland mitgebracht hatte. Aber das war lange her. Mit seinem 76. Geburtstag hatte sich viel geändert. Denn just an diesem Geburtstag war er an der Hüfte operiert worden. Mit dem neuen künstlichen Hüftgelenk hatte er nicht wieder zu seiner alten Form zurückgefunden.

Nach der Operation hatte er sich den Geländewagen angeschafft, mit welchem er seitdem alle Revierarbeiten erledigte. Das klappte hervorragend. Selbst das Bergen von erlegtem Hochwild – Rotwild und Schwarzkittel –

bereitete ihm selten Schwierigkeiten. Ludwig Lüssenhop hatte an seinen Anhänger eine kleine Seilwinde angebaut, mit der er mühelos die erlegten Stücke bergen konnte. Nur in den seltensten Fällen holte er sich Hilfe im Dorf – oder gar beim Jagdpächter, dem viel beschäftigten Bauunternehmer Otto Kolze, der in der nahen Kreisstadt residierte und sowieso kaum Zeit hatte, auf die Jagd zu gehen.

Der leichte, aber stetige Schneefall verwischte sämtliche Spuren im Hof. Ludwig Lüssenhop stand am Schlafzimmerfenster und band sich seine Krawatte. Er ärgerte sich über die Kritik seiner Frau. Allerdings wusste er auch, dass sie in gewisser Weise Recht hatte. Früher war es nicht vorgekommen, dass er ›seine‹ Schützlinge, das Wild, in Notzeiten allein gelassen hatte.

Er war wirklich alt geworden. Es fiel ihm schwer, dies zu akzeptieren. Weil seine Arme und Beine nicht mehr konnten, wie es der Kopf befahl, fühlte er sich oft ohnmächtig. Besonders bei so extremem Wetter wie jetzt kam dies zu Tage. Schon das Schneeschippen vor der Haustür machte ihm schwer zu schaffen, ganz zu schweigen vom Kraft raubenden Füttern im verschneiten Revier.

Er musste an die Sauen denken. Besonders an die Rotte vom nahen Steinbruch. Er hatte noch nie eine derart standorttreue Schwarzwildrotte erlebt. Es handelte sich um sieben Überläufer und zehn Frischlinge. Die Bache fehlte. Leider. Schlachtermeister Kroll hatte das führende Stück bei spärlichem Mond Ende August für einen Keiler gehalten und hingelangt. Natürlich war die Aufregung groß gewesen, und Heinrich Kroll hatte das erste und letzte Mal in dem Revier gejagt.

Nun hatte Ludwig Lüssenhop das Malheur. Die Rotte bewegte sich ohne ihre Bache in einem nur sehr beschränkten Einstandsgebiet. Ohne die Führung des erfahrenen Muttertiers waren die Schwarzkittel nicht beweglich genug und gerieten bei derartiger Wetterlage in akute Hungersnöte. Zum Glück hatte sie einen fürsorglichen Jagdaufseher, der sie bisher ausreichend mit Nahrung versorgt hatte. Bis vor einer Woche jedenfalls.

Ludwig Lüssenhop trat vom Fenster zurück. Er seufzte leise. Zu blöd auch, dass Drösemeyers Erich keine Zeit gehabt hatte. Zumindest ein paar Spuren hätte er ihm doch fahren können. Auf den Hauptwegen. Dann hätte er wenigstens einen Teil des Reviers beschicken können.

Hinzu kam, dass es auch sonst im Revier vor Sauen wimmelte. Die milden Winter der letzten Jahre, der viele Mais, der neuerdings überall angebaut wurde, die reichen Mastjahre bei Eichen und Buchen – all dies hatte dazu geführt, dass die Schwarzwildpopulation explodiert war. Trotz eines um hundert Prozent gesteigerten Abschusses im vergangenen Jagdjahr waren die Wildschäden im Frühjahr und Sommer enorm gewesen. Umgedrehte Wiesen, zerpflügte Kartoffeläcker, zertrampelte Haferschläge – Jagdpächter Otto Kolze hatte geschimpft wie ein Rohrspatz, als man ihm die Schadensschätzungen und letztendlich die Rechnungen präsentiert hatte.

»Ludwig! Bist du soweit?« Erna Lüssenhop stand im Flur an der Garderobe und griff nach dem Mantel. »Es ist schon drei.«

»Ja, ja – ich komme ja schon.«

Obwohl sie weder beim Weihnachtsmarkt unter freiem Himmel noch in der stets kühlen Kirche während des Krippenspiels ihre warmen Mäntel ablegen würden, hatte sich das Paar festlich gekleidet. Dass Ludwig Lüssenhop seine grüne Krawatte mit dem Rehbock umband und seinen Trachtenanzug trug, kam eigentlich nur bei Konfirmationen, Hochzeiten und eben zu Weihnachten vor.

»Ich habe ein komisches Gefühl in den Knochen«, ließ der Jagdaufseher verlauten, als er behutsam die Treppe hinabstieg. »Ich stelle lieber den Drilling bereit.« Er ging schnurstracks auf den Gewehrschrank neben der Garderobe zu und öffnete diesen.

»Das kann doch nicht wahr sein!« Erna Lüssenhop guckte entrüstet. »Wir wollen zum Weihnachtsmarkt und zum Krippenspiel, und du denkst an die Jagd.«

»Denk' ich ja gar nicht«, erwiderte der alte Mann versöhnlich. »Ich habe nur so eine Ahnung. Irgendetwas kommt da auf mich zu. Vielleicht eine Nachsuche oder dergleichen.«

Er nahm den Drilling aus dem Gewehrschrank und postierte ihn im Schirmständer neben der Haustür. Dann kramte er noch Munitionsetui, Nicker und Jagdhorn hervor und legte alles zusammen auf die Kommode. »So bin ich nachher fixer fertig ... !«

Wenig später trat das Ehepaar Lüssenhop durch die Gartenpforte auf die Dorfstraße. Die knirschenden Schritte im Schnee zeugten von der Eiseskälte. Es hatte wieder aufgehört zu schneien, doch blieb der Himmel wolkenverhangen.

Aus den Häusern kamen jetzt Menschen, viele in festlicher Tracht. Einige Frauen trugen sogar Pelzmäntel und Pelzkappen, ihre Männer gefütterte Lodenmäntel und neumodische Ohrenwärmer. Die Kinder gingen gesittet in Reih und Glied. Ihre Sonntagskleidung erlaubte weder Schneeballschlacht noch Rodelpartie.

Noch bevor die Lüssenhops den Marktplatz erreichten, drang bereits leise Weihnachtsmusik an ihre bemützten Ohren. Wie sie wenig später feststellten, gab gerade der örtliche Posaunenchor unter der Leitung von Pfarrer Rieckenberg eine Kostprobe seines Könnens.

»Soll das etwa ›Vom Himmel hoch ... ‹ sein?«, grantelte der Jagdaufseher. »Hätte ich doch nur mein Jagdhorn mitgebracht ... «

»Nun sei doch still!«, schimpfte seine Frau, indem sie sich beunruhigt nach unerwünschten Zuhörern umschaute. »Sie geben sich jedenfalls alle Mühe. Und du weißt selbst, wie schwer es ist, bei diesen Minusgraden zu blasen.«

»Schon gut, schon gut! Zum Glück scheinen sie jetzt ja erst mal eine Pause zu machen«, grummelte er und stapfte weiter.

Sie hatten mittlerweile den Marktplatz erreicht. Wie jedes Jahr waren die Verkaufsstände, kleinen Buden und Holzhütten in einem großen Rund formiert, in deren Mitte ein Kinderkarussell postiert war. Lediglich der Bratwurststand von Fleischermeister Kroll musste etwas abseits stehen, um zu verhindern, dass der deftige Grillrauch die Marktbesucher belästigte.

Ihnen bot sich ein malerisches Bild. Unter den schneebedeckten Dächern der Verkaufsstände funkelte und leuchtete es feierlich. Es brodelte, dampfte und duftete. Die Linden des Marktplatzes waren in diesem Jahr mit bunten Lichterketten geschmückt.

Ein betuchter Dorfbewohner, ein so genannter Zugezogener, hatte diese Neuheit aus Amerika mitgebracht und dem Weihnachtsmarkt großzügigerweise gespendet. Obwohl es noch nicht dunkel war, verbreiteten die Lichterketten einen – wenn auch etwas kitschigen – weihnachtlichen Glanz. Zwischen den Linden standen jeweils mannshohe Fichten in rustikalen Holzständern. An ihren Zweigen baumelten unzählige kleine, in Folie verpackte Pakete.

Es herrschte bereits reges Treiben. Besonders das Karussell zog viele Kleinkinder und deren Eltern an. Dick in Jacken, Schals und Mützen vermummt, drehten die Kinder mit blitzenden Augen und geröteten Wangen ihre Runden. Aus einem Lautsprecher am Karussellkassenhäuschen drang leise eine zarte Mädchenstimme, die ›Jingle Bells‹ zu schellenden Glöckchen sang.

Ludwig Lüssenhop schaute missmutig zu dem Lautsprecher hinauf. »Das wird ja immer schlimmer. Können die nicht wenigstens ...«

»Mmh! Wie köstlich das duftet«, unterbrach ihn da Erna Lüssenhop, die ahnte, worauf ihr Mann anspielte. Mit geschlossenen Augen stand sie da und träumte: »Das erinnert mich so an meine Kindheit.«

»Ich rieche nur einen Mischmasch aus Glühwein, Bratwurst und gebrannten Mandeln«, erwiderte ihr Mann stur. »Das zusammen kann einfach nicht köstlich sein.«

In diesem Moment begann wiederum der Posaunenchor zu spielen. ›Oh du Fröhliche‹ erscholl es aus drei Trompeten, zwei Posaunen und einer Tuba. Die wackeren Bläser schienen dieses Mal ihre Instrumente vorgewärmt zu haben. Es klang nun weitaus harmonischer.

»Komm, lass uns etwas Warmes trinken«, drängelte der Jagdaufseher seine Frau. »Dort drüben am Glühweinstand stehen auch die Drösemeyers.«

»Dass du immer hetzen musst. Die spielen doch ausgezeichnet«, antwortete seine Frau etwas gereizt. Nach einem weiteren Seufzer folgte sie jedoch ihrem Mann zu dem Glühweinstand hinüber.

»Fröhliche Weihnachten, Ludwig!«, begrüßte ihn Drösemeyers Erich. »Was machen die Sauen? Haben sie noch genug zu knabbern?«

»Für ›Fröhliche Weihnachten‹ ist es noch ein wenig zu früh«, entgegnete der Jagdaufseher mürrisch. »Heilig Abend ist doch erst morgen. Und was die Schweine betrifft, so muss ich dir sagen, dass ihr Wohlbefinden im Moment allein von dir abhängt. Erst wenn du mit deinem Schlepper und dem Schneepflug im Wald gewesen bist, kann ich zum Füttern wieder raus.«

»Tja ...«, räusperte sich der Landwirt. »Du weißt ja, dass wir so viel Last mit den Weihnachtsgänsen hatten. Aber nun sind wir durch damit. Wenn es dir und deinen Schweinchen hilft, könnte ich morgen früh eventuell schon einmal eine Runde im Revier drehen.«

»Das wäre großartig«, antwortete Ludwig Lüssenhop, dessen Miene sich ein wenig erhellte. »Das wäre nach all den Tagen der Not eine schöne Bescherung für die Schwarzkittel – passend zum Heiligen Abend.«

»Abgemacht! Darauf trinken wir erst einmal einen.«

»Was hat denn dein Ludwig?«, fragte Drösemeyers Anneliese, nachdem sich Erna Lüssenhop zu ihr gesellt hatte. »Er guckt so gestresst.«

»Ich weiß auch nicht. Er macht sich Sorgen um die Wildschweine. Die leiden bei diesem Wetter doch besondere Not.«

»Füttert er denn nicht?«

»Eigentlich schon. Doch seit einer Woche kommt er nicht mehr mit seinem Auto ins Revier – bei dem Schnee. Dein Erich soll erst einmal mit dem Schneepflug den Weg freischieben.«

»Na, denn ... «

»Und dann hat er irgend so eine Ahnung. Dass heute noch etwas passiert.«

»Hier? Auf dem Weihnachtsmarkt?«

»Ich weiß auch nicht. Nein, wohl eher im Revier. Zu Hause hat er jedenfalls den Drilling schon griffbereit neben die Tür gestellt.«

»Das klingt ja richtig unheimlich.«

»Na, lass ihn erst einmal zwei, drei Grog intus haben, dann wird er bestimmt wieder normal. Ich kenne doch meinen Ludwig.«

Wenig später setzte die Dämmerung ein. Und mit dem schwindenden Licht kam wiederum leichter Schneefall auf. Wie für einen stimmungsvollen Weihnachtsmarkt geschaffen, tänzelten die federleichten Flocken auf die Erde nieder.

»Leise rieselt der Schnee ... «, grölte Heinrich Kroll hinter seinem Stand wenig weihnachtlich, während er sich den Schweiß von der Stirn wischte. Der bullige Chef stand höchstpersönlich hinter dem Holzkohlegrill und bediente gutgelaunt seine Kundschaft.

»Heiße Würstchen! Heiße Würstchen! Knackig und würzig. – Bitte schön, meine Dame, hier ein besonders kapitales Stück ... «

»Nein, danke!« Erna Lüssenhop wollte gerade wieder kehrtmachen. »Der hat schon wieder einiges über den Durst getrunken«, flüsterte sie ihrem Mann zu. »Lass uns woanders hingehen.«

»Ach, komm schon.« Ludwig Lüssenhop stellte sich in den Weg. »Wir schnappen uns die Würstchen und essen sie drüben beim Glühweinstand.«

»Für uns bitte auch zwei«, rief Drösemeyers Anneliese, während sie mit einem Geldschein in der Luft herumfuchtelte.

»Hallo, Herr Jagdaufseher!«, brüllte da der Schlachtermeister über die Köpfe der anderen hinweg. »Treten Sie ruhig näher. Ich gebe einen aus.«

»Mist!«, fluchte der Angesprochene leise. »Das hat mir heute gerade noch gefehlt.«

»Na, kommen Sie schon«, rief Heinrich Kroll. »Ich habe da etwas ganz Besonderes für Sie.«

Nur zögerlich trat Ludwig Lüssenhop an die Tresen.

»Hier, schauen Sie mal.« Der Schlachter hatte mit seinen mächtigen Pranken in eine Plastikwanne gegriffen und hielt nun ein Bündel Würste in die Luft.

»Raten Sie mal, woraus die gemacht sind?«

Ohne die Antwort abzuwarten, polterte er los: »Na, von der Bache natürlich. Von der Bache, die ich bei euch im Sommer geschossen habe.«

Ludwig Lüssenhop mochte diese Unverfrorenheit nicht wahrhaben. Wie versteinert stand er da und starrte den Schlachtermeister an.

»Da staunen Sie, was?«, grinste dieser breit. »Aber ich bin ja nicht nachtragend. Jedenfalls nicht so nachtragend wie ihr. Jedem kann mal ein Fehlabschuss passieren, nicht wahr. Zur Versöhnung lege ich jetzt diese leckeren Würstchen auf den Grill und lade euch ein.«

Dem Jagdaufseher war der Appetit vergangen. Gerade wollte er wortlos den Rückzug antreten, als ihn Geschrei aufhorchen ließ.

»Wildschweine! – Wildschweine!«

Die Rufe kamen von der Dorfstraße. Es waren schrille Kinderstimmen.

»Jede Menge Wildschweine!«

»Ach, diese Lausebengel!«, lachte Schlachtermeister Kroll, während er sich die Hände an der Schürze abwischte. »Was haben die denn nun wieder ausgeheckt? Denen ist wohl der Weihnachtsmarkt zu langweilig.«

Die zahlreiche Kundschaft des Würstchenstandes begann zu Schmunzeln.

»Die Jugend von heute ist leider nicht mehr mit dem Weihnachtsmann hinter dem Ofen hervorzulocken«, bemerkte eine junge Frau mit einer Fuchsstola über den Schultern. »Statt weihnachtlicher Besinnlichkeit haben die nur Streiche und Dummheiten im Kopf.«

»Sie kommen die Straße herauf«, rief da eine helle Knabenstimme. »Es sind mindestens zehn Stück.«

»Papperlapapp!«, brüllte Heinrich Kroll dazwischen. »Lasst doch den Quatsch! Ihr vertreibt mir noch die Kundschaft mit eurem Schabernack.«

Alles lachte. Das war mal wieder typisch für ihn: Der geschäftstüchtige Schlachtermeister bangte um seinen Umsatz.

Nur einer war ernst geblieben: Ludwig Lüssenhop.

Der Jagdaufseher hatte sich unauffällig von dem Würstchenstand entfernt und marschierte nun zur Dorfstraße hinüber. Hier kamen ihm die beiden Jungen entgegen, die gerufen hatten. In ihren Gesichtern war nichts von einem spitzbübischen Grinsen oder scheinheiligen Feixen zu sehen. Ganz im Gegenteil. Sichtlich aufgeregt, atemlos und mit ernstem Wortlaut wiederholten sie: »Da kommen sie ... mindestens zehn Stück.«

Ludwig Lüssenhop packte einen der Jungen, der gerade weiterlaufen wollte, am Kragen. Doch bevor er eine Frage stellen konnte, sah er schon den ersten Schwarzkittel auf sich zugerast kommen.

Es war ›seine‹ Rotte. Das sah er auf den ersten Blick. Die Steinbruchrotte. Nur Überläufer und Frischlinge, 17 Stück.

Hier mitten im Dorf!

Das Unheil nahm seinen Lauf.

»Achtung!«, rief der Jagdaufseher zum Weihnachtsmarkt gewandt. »Die Jungen haben Recht. Rotte Sauen im Anmarsch!«

Ludwig Lüssenhop überlegte, was zu tun sei. Viel Zeit blieb ihm nicht.

Ohne führende Bache liefen die Schweine plan- und ziellos auf der Dorfstraße hin und her. Abgemagert und anscheinend von Hungersnöten getrieben hatten sie alle Scheu abgelegt und suchten nach Fressbarem. Ein stärkerer Überläufer hatte gerade den Weihnachtsmarkt erreicht. Er sicherte kurz, holte Wind und wechselte dann auf den erstbesten Lebkuchenstand zu.

Inzwischen hatte Ludwig Lüssenhop seine Entscheidung getroffen. Es half nichts. Er musste heim und seinen Drilling holen. Wer weiß, was noch alles passieren würde. Die momentan apathisch wirkenden Wildschweine konnten von einem Augenblick zum anderen aggressiv werden – und gefährlich. Besonders beim Aufeinandertreffen von Mensch und Tier musste man mit einer Panik rechnen. Der Jagdaufseher stapfte los.

Auf dem Weihnachtsmarkt kam es derweil zu tumultartigen Szenen. Der Überläufer hatte den Lebkuchenstand erreicht und kurzerhand den Tresen umgeworfen. Genüsslich schmatzend machte er sich über das Weihnachtsgebäck her.

Die Weihnachtsmarktbesucher stoben laut schreiend auseinander. Die ersten Lichterketten landeten im Schnee, einer von den Weihnachtsbäumen mit den Paketen für die Kinder stürzte zu Boden.

Von allen Seiten brachen nun die Sauen auf dem Marktplatz ein. Zu verführerisch schien der Duft von frisch gebackenen Waffeln, Zuckerwatte, Keksen, Gegrilltem und heißer Schokolade zu sein. Das Chaos war perfekt.

Ludwig Lüssenhop erreichte keuchend sein Haus. Rasch schloss er die Haustür auf, griff nach Drilling, Nicker und Munition. Das Jagdhorn ließ er achtlos liegen. Ohne die Tür hinter sich zu schließen, raste er wieder hinaus in den immer stärker werdenden Schneefall.

Trotz seines hohen Alters und trotz des zunehmenden Schnees war er flink auf den Läufen. Als er wenige Minuten später den Kirchberg passierte, lief ihm Küster ›Kurtchen‹ Biester in die Arme.

»In ... in unserer Kirche ... !«, stammelte die gute Seele und wirbelte mit den Armen in der Luft. »In unserer Kirche ist ein Schwein! – Ein wildes ... ! Ein schwarzes ... ! Es hat schon den Weihnachtsbaum geplündert – und die Krippe umgestoßen ... Kommen Sie schnell!«

Routiniert lud der Jagdaufseher seinen Drilling: Kugel, Brenneke, Brenneke.

»Ist schon gut«, beruhigte er den vor Aufregung zitternden Küster. »Ich schau mal nach.«

Er erklomm gerade den Kirchberg, als hinter ihm eine hysterische Stimme erklang:

»Halt! Nicht schießen! In meiner Kirche wird nicht geschossen!« Pfarrer Rieckenberg kam mit wehendem Mantel die Dorfstraße heruntergeschlittert.

Noch bevor Ludwig Lüssenhop beschwichtigende Worte finden konnte, kam plötzlich ein schwarzer Kugelblitz durch das weit geöffnete Kirchenportal geflitzt. Beim Anblick des Jägers schlug das Wildschwein jedoch einen Haken und sauste in Richtung Weihnachtsmarkt davon. Wie der Jagdaufseher trotz des schummerigen Lichtes bemerkt haben will – und wie später Küster ›Kurtchen‹ Biester bestätigen würde –, soll der Wutz über und über mit Lametta bedeckt gewesen sein.

Da das Thema Kirche vorerst erledigt schien, ließ Ludwig Lüssenhop Pfarrer und Küster einfach stehen und machte sich weiter auf den Weg zum Marktplatz. Als er um die letzte Ecke bog, bot sich ihm ein Anblick, den er sein Lebtag nicht mehr vergessen würde.

Die Weihnachtsmarktbesucher – zumindest die, die noch nicht geflohen waren – hatten sich in den Verkaufsbuden oder hinter Tresen verschanzt. Um sie herum wuselten die Schwarzkittel auf der Suche nach leckeren Köstlichkeiten. Um die wild schmatzende und grunzende Rotte auf Abstand und bei Laune zu halten, warfen die Leute mit Gebäck, Bratwürstchen, Nüssen, Äpfeln und dergleichen mehr. In der Mitte des Platzes drehte sich verwaist das Kinderkarussell, aus dessen Lautsprechern plärrend ›Süßer die Glocken ...‹ erscholl.

Wie versteinert stand der Jagdaufseher mit dem Drilling unter dem Arm.

»Nun schießen Sie doch schon!«, brüllte Schlachtermeister Kroll aufgeregt über den Platz. »Es sind ja schließlich Ihre Schweine. Na los, worauf warten Sie?«

Doch Ludwig Lüssenhop rührte sich nicht. Auf keinen Fall würde er hier mitten unter Menschen einen Schuss auf eine der Sauen abgeben. Das war viel zu gefährlich. Außerdem bestand im Moment keine unmittelbare Gefahr für jemanden. Solange die Schweine zu fressen hatten, schienen sie relativ friedlich zu sein.

Hinzu kam, dass der Jagdaufseher den Anblick heimlich genoss. ›Seine‹ Rotte hatte endlich wieder etwas zu beißen. Wenn sie schließlich satt wären, würden sie sich schon wieder trollen.

»Schießen Sie doch endlich!«, schrie nun der Schlachtermeister, außer sich vor Wut. »Sonst lass' ich Sie für den gesamten Schaden aufkommen.«

»Das hier ist ja wohl eher Ihre Schuld, Herr Kroll«, erwiderte da Ludwig Lüssenhop ungerührt und mit fester Stimme. »Hätten Sie nicht im Sommer die Bache geschossen, wäre die Rotte nie in die verzweifelte Lage gekommen, in der sie sich befindet, und nie in unser Dorf eingefallen. Jetzt lassen wir die armen Tiere noch ein wenig fressen, dann werden sie schon abziehen.«

Und so geschah es. Nachdem die Sauen noch einmal ordentlich zugelangt hatten, schoss der Jagdaufseher mit Brenneke zweimal in die Luft, und schon stob die Rotte vereint über die Dorfstraße davon, zurück in Richtung Wald. Bald darauf hatte der Schleier des Schneegestöbers das letzte Stück geschluckt.

Nur langsam kamen die Menschen hinter ihren Barrikaden hervor oder aus den Häusern zurück auf den Platz. Der Weihnachtsmarkt – oder besser: was davon übrig geblieben war –, sah verheerend aus: Die meisten Stände und Buden meldeten Bruch, einige sogar Totalschaden, etliche Dekorationen waren arg ramponiert. Nahezu sämtliche Esswaren waren vernichtet, ungenießbar, beschädigt – oder lagen angefressen auf dem Boden herum.

Schlachtermeister Kroll hatte es besonders getroffen: Seine Fleisch- und Wurstwaren waren sämtlich in Mitleidenschaft gezogen. Lediglich die hoch gepriesenen Würstchen von besagter Bache lagen unberührt im Schnee. Die Wildschweine hatten Instinkt bewiesen.

Auch die Kirche hatte arg gelitten. Das Krippenspiel musste leider auf den folgenden Tag, den 24. Dezember, verschoben werden. Der Überläufer hatte im Gotteshaus ganze Arbeit geleistet, den vier Meter hohen Weihnachtsbaum umgeworfen und heftige

Verwüstungen an den Krippenspiel-Requisiten angerichtet. Pfarrer Rieckenberg war untröstlich.

»Du hättest ruhig ein wenig eher in die Luft schießen können«, tadelte Erna Lüssenhop ihren Mann, als sie wenig später zusammen mit den Drösemeyers den Heimweg antraten. »Ich hab' schon kalte Füße vom vielen Stehen gekriegt.«

Drösemeyers Anneliese entgegnete: »Nein, lass man. Das hat der Ludwig schon ganz richtig gemacht. Jetzt haben die Wildschweine auch ein gesegnetes Weihnachtsfest. Und ihr eure Ruhe.«

»Du, Ludwig«, meinte Drösemeyers Erich. »Meinst du nicht auch, dass wir uns jetzt das Füttern morgen sparen können?«

»Hm!«, brummelte der Jagdaufseher, indem er sich die lange Nase rieb. »Ich glaube, es ist besser, wir bringen trotzdem Futter raus. Sonst besuchen sie uns am Heiligen Abend wieder. Du musst wissen, Schweine sind äußerst lernfähig.«

Der Weihnachtshase

Die Brüder Gudehus waren ein ungleiches Paar.

Da war zum einen der Friedhelm, der ältere von den beiden Brüdern, der Landwirt, der den elterlichen Hof übernommen hatte. Sein Leben war – neben dem Beruf – der Jagd, der Freiwilligen Feuerwehr und dem Schützenverein im Dorf gewidmet. Verheiratet war er seit 25 Jahren mit Marlies, der zukünftigen alleinigen Erbin vom Nachbarhof. Zusammen hatten sie zwei Töchter, die schon lange aus dem Haus waren. Abgesehen von seiner Lehrzeit, die er drei Dörfer weiter absolviert hatte, war Friedhelm Gudehus praktisch nie aus seinem heimatlichen Dunstkreis herausgekommen.

Auf der anderen Seite gab es den Dietmar, den zwei Jahre jüngeren Bruder – den Lehrer. Dietmar hatte das elterliche Dorf sogleich nach der Schulzeit verlassen. Mit einem mittelprächtigen Abitur in der Tasche hatte er neun Jahre lang Biologie und Völkerkunde studiert und letztendlich in der Gesamtschule der nahen Stadt eine Anstellung gefunden. Er wohnte in einer Altbauwohnung im Zentrum der Stadt, war geschieden und kinderlos. In seiner Freizeit spielte er Tennis oder bastelte an einem seiner Oldtimer, wenn er nicht gerade die Schulferien dazu benutzte, in der weiten Welt herumzureisen.

Friedhelm und Dietmar hätten ungleicher nicht sein können.

Am Samstag, den 20. Dezember, kam gegen zehn Uhr morgens ein Buckel-Volvo auf den Gudehus-Hof gefahren. Unter den Reifen des Veterans, Baujahr 1964, knirschte und knackte das Eis, das sich in der letzten Nacht in den Pfützen des Hofes gebildet hatte. Das Auto hielt direkt vor der Dieleneinfahrt. Ihm entstieg ein hoch aufgeschossener Mann mit schulterlangen, grauen Haaren, der zielstrebig auf die Dielentür zuging.

»Guten Morgen, Dietmar«, rief da eine Frauenstimme.

Der Angesprochene drehte sich um. Marlies Gudehus winkte vom Hühnerstall herüber. In der Hand hielt sie einen Korb mit Hühnereiern.

»Ich dachte, du wolltest erst morgen kommen«, rief sie über den Hof.

»Bitte?« Dietmar Gudehus schaute konsterniert. »Meiner Meinung nach waren wir für heute verabredet. Sag bloß nicht, dass ich umsonst komme.«

»Doch, ich glaube schon. Aber geh erst einmal 'rein, Friedhelm ist in der Küche. Ich komme gleich nach.«

Wie in vielen norddeutschen Bauernküchen roch es um diese Tageszeit nach Kaffee und Rosinenstuten. Und nach Zigarettenqualm. Friedhelm Gudehus saß rauchend am Küchentisch und las im Schummerlicht Zeitung.

»Was machst du denn schon hier?«, wunderte er sich, als er seinen Bruder in der Tür auftauchen sah. »Ich dachte, wir wären für morgen verabredet.«

»Guten Morgen«, hüstelte Dietmar, während er versuchte, durch hektisches Handwedeln den Zigarettenqualm zu vertreiben. »Immer der Reihe nach. Lass uns erst einmal ein Fenster aufmachen. Hier drinnen erstickt man ja fast.«

»Typisch Städter!«, grummelte Friedhelm, reckte sich zum Fenster und stellte es auf Kipp. »Sonntag hatte ich gesagt, Sonntagmorgen. Die Treibjagd ist doch erst heute.«

»Habe ich mich so getäuscht?«, erwiderte Dietmar, während er auf die Küchenbank rutschte. Er ließ sich einen Becher reichen und schenkte sich Kaffee ein.

»Wie ich dich kenne, hast du auch noch nicht gefrühstückt.« Der Landwirt schob seinem Bruder ein Holzbrett und ein Messer hin. »Beides ist noch unbenutzt.«

»Aber morgen ist sicher?«, fragte Dietmar, nachdem er sich etwas Butter auf den Rosinenstuten geschmiert hatte.

»Klar doch«, winkte Friedhelm ab. »Letztes Jahr haben wir auf dieser so genannten Weihnachtsjagd 22 Hasen geschossen. – Aber was willst du Junggeselle eigentlich mit einem ganzen Hasen?«

»Habe eine neue Freundin«, sagte Dietmar nicht ohne Stolz. »Heike, allein erziehende Mutter mit einer zwölfjährigen Tochter. Ich habe die beiden am 1. Weihnachtstag bei mir zum Essen eingeladen.«

»Au Backe! Du kochst? Und dann noch Wild. Als überzeugter Pazifist und Jagdgegner solltest du lieber was Vegetarisches machen.«

»Nun ja ... « Dietmar wurde kleinlaut. »Heike wünscht sich nun mal Wild. Und am liebsten einen Hasen. Den hat es in ihrem Elternhaus zu Weihnachten auch immer gegeben.«

»So so. – Erinnerst du dich denn nicht mehr an unsere Diskussion im Sommer?«, setzte Friedhelm nach. »Als du mich übel beschimpft hast, dass ich in der Blattzeit Böcke schieße? Dass ich schäbig den ›Liebesrausch‹ des Rehwildes ausnutzen würde, um leichte Beute zu machen? Hast du das vergessen?«

Der Landwirt hatte sich in Rage geredet.

»Ja, schon ... « Dietmar rutschte auf der Küchenbank hin und her. »Ich kann mir den Hasenrücken ja auch im Supermarkt holen.«

»Lass man«, lachte Friedhelm schon weniger grimmig. »Was soll denn deine Heike von dir denken. Kannst dir morgen einen abholen. Jetzt muss ich mich aber fertig machen. Um elf ist Treffen.«

Man traf sich auf dem Parkplatz von Hemmes Gasthof, wie jedes Jahr im Dezember, wenn zur gemeinschaftlichen Treibjagd aller drei Jagdbezirke des Dorfes geladen wurde. Nach alter Tradition sollte in jedem Revier jeweils nur ein Treiben stattfinden, in der Regel Kesseltreiben. Mit der Jagdleitung war dieses Mal Dr. Kreibohm an der Reihe, der Pächter vom Bezirk III.

Wie die meisten seiner Mitjäger hatte sich Friedhelm Gudehus für Gummistiefel entschieden. Der Boden war zwar noch hart gefroren, jedoch wurde es schon merklich wärmer und für den Nachmittag war sogar Regen angesagt. Leider. Der Himmel hatte sich bereits im Laufe des Vormittags mehr und mehr zugezogen. Von wegen weiße Weihnachten.

Nach der Ansprache – Dr. Kreibohm redete wie immer gestelzt und langatmig daher – und dem Begrüßungsblasen bestiegen Jäger und Treiber die bereitgestellten Gummiwagen. Man nahm auf Strohballen Platz, saß eng an eng, schwätzte mit seinem Nachbarn, während die Hunde aufgeregt kläfften. Die erste Schnapsflasche ›Brelinger Korn‹ machte die Runde.

Das erste Treiben sollte im ›Elends Kamp‹ stattfinden und war ein reines Feldtreiben. Da über vierzig Schützen und nahezu die gleiche Anzahl Treiber zugegen waren, hatte man sich für den großen Kessel entschieden. Noch während Dr. Kreibohm die Schützen und Treiber anstellte, fielen schon die ersten Regentropfen.

Oder besser Eistropfen. Es regnete Eis.

Friedhelm Gudehus schimpfte Stein und Bein, während er mit geschulterter Flinte über den Acker stapfte. Zwar trug ihn der gefrorene Boden noch, aber es wurde zunehmend glatter. Der Eisregen verwandelte den gefrorenen Erdboden in eine äußerst rutschige Angelegenheit.

Er wusste nur zu gut, was jetzt kommen würde. Der Jagdherr – als überaus penibel und vorsichtig bekannt –

würde unter diesen Bedingungen das Treiben gar nicht erst anblasen lassen. Die Unfallgefahr wäre viel zu groß.

Keine fünf Minuten später - der Eisregen wurde immer heftiger - wurde zum Sammeln geblasen.

»Hab ich's mir doch gedacht«, murmelte Friedhelm Gudehus. Er winkte dem Treiber neben sich. »Zurück zu den Wagen!«, rief er dem Jugendlichen zu, in der richtigen Annahme, dass dieser die Bedeutung des Jagdhornsignals nicht verstanden hatte.

Man beschloss, ins Dorf zurückzufahren, um in Hemmes Gasthof eine Pause einzulegen. Vielleicht würden ja die Temperaturen steigen und der Regen wärmer werden. Dann hätte man noch die Chance, am Nachmittag zumindest ein Treiben durchzuführen.

Dr. Kreibohms Appell, nicht zu sehr dem Alkohol zu frönen, um hinterher noch sicher jagen zu können, wurde nur unzureichend befolgt. Überall auf den Tischen standen schon bald Bier- und auch Schnapsgläser. Viele packten die mitgebrachten Butterbrote aus, die eigentlich für eine Pause im Revier gedacht waren. Die ersten Kartenspiele wurden verteilt.

Bei Skat und Doppelkopf verging die Mittagszeit, ohne dass eine Wetterbesserung eintrat. Durch den Regen hatten sich mittlerweile dicke Eispanzer auf Straßen, Fußwegen und Bäumen gebildet. Es war nur eine Frage der Zeit, bis Alarm bei der Feuerwehr ausgelöst wurde.

Exakt um 14.03 Uhr ertönte die Sirene. Sämtliche Feuerwehrkameraden der Jagdgesellschaft - unter ihnen Friedhelm Gudehus - rückten aus. Wie sich schnell herumsprach, war eine Birke vom Kirchberg unter der Last des Eises mitten auf die Hauptstraße gestürzt.

Die folgenden Einsätze der Feuerwehr dauerten bis spät in die Nacht. Dann erst kam der erlösende warme Regen. Einige aus der Jagdgesellschaft saßen noch immer in Hemmes Gasthof und spielten Karten.

Am nächsten Morgen, dem 21. Dezember, einem Sonntag, kam wiederum der Buckel-Volvo auf den Gudehus-Hof gefahren. Dieses Mal jedoch knackte kein Eis unter den Reifen des Oldtimers. Es spritzte Wasser. Der Hof war übersät mit Pfützen.

»Dich habe ich ja völlig vergessen«, begrüßte Friedhelm seinen Bruder, als dieser in die Küche kam. »Tut mir leid. Aber einen Hasen habe ich immer noch nicht für dich. Hast ja wohl mitbekommen, was gestern Nachmittag los war.«

»Ihr habt also gar nicht gejagt?« Dietmar konnte es nicht fassen. »Was mache ich denn jetzt?«

»Keine Panik«, beruhigte ihn Friedhelm. »Noch sind es drei Tage bis Weihnachten. Das schaffe ich schon. Ich hab' ja Zeit und nach der ausgefallenen Treibjagd wird in den einzelnen Revieren bestimmt noch die eine oder andere Stokeljagd vor Weihnachten veranstaltet. Spätestens am Dienstag, den 23., hast du deinen Braten. Das verspreche ich dir.«

»Ehrenwort?«

»Ja. Versprochen. Wenn nicht, kriegst du unsere Weihnachtsgans.«

»Wie bitte?«

Das kam von Marlies Gudehus, die gerade zur Küchentür hereinkam. »Ich glaub', ich hör' nicht richtig.«

Obwohl, wie an jedem 4. Advent, am Nachmittag das Krippenspiel in der Kirche stattfand, zog Friedhelm Gudehus den Hochsitz vor.

»Ich muss noch unbedingt eine Ricke schießen«, sagte er zu seiner Frau.

»Ach was!«, erwiderte diese. »Deshalb nimmst du wohl den Drilling, nicht wahr? Könnte ja auch ein Hase vorbeigehoppelt kommen.«

»Genau!«, grantelte Friedhelm und zog von dannen.

Er setzte sich auf eine Kanzel an einem Feldgehölz. Linker Hand lagen Wiesen, rechts ein zurückgefrorener Rapsschlag. Hier hatte er stets Hasen beim Ansitz gesehen.

Seinen Drilling hatte Friedhelm Gudehus tatsächlich hasengerecht präpariert. Der eine Schrotlauf war mit einem Einstecklauf versehen, so dass er nun sowohl über eine große als auch eine kleine Kugel verfügen konnte. Hinzu kam noch der übrig gebliebene Schrotlauf, den er mit 4er Schrot bestückte.

An jenem diesigen Sonntagnachmittag ließen sich zwar drei Ricken in Schussentfernung blicken, jedoch kein einziger Hase. So blieb Friedhelm Gudehus' Drilling sauber, obwohl er bis zur völligen Dunkelheit auf dem Hochsitz ausharrte. Erst auf dem Zuhauseweg huschte ihm ein dicker Rammler durch die Scheinwerferkegel.

Zu spät.

Am Montagmorgen nieselte es immer noch. Die Temperaturen waren mittlerweile fast bei 10 Grad angelangt. Friedhelm Gudehus griff zum Telefonhörer und sprach mit seinen Mitjägern des Jagdbezirks II. Doch bei diesem Mistwetter hatte niemand recht Lust, auf Hasenjagd zu gehen. Außerdem war so kurz vor Weihnachten noch so einiges zu erledigen.

So zog Friedhelm Gudehus wieder alleine los. Nach dem Mittagessen schnappte er sich seinen Hund Tom, einen mehr oder weniger senilen Griffon, Flinte und Jagdtasche und marschierte zu Fuß ins Revier. Der Nieselregen wollte einfach nicht enden.

Er steuerte die Wiesen an, die gleich hinter dem Dorf begannen und bis zur Aller reichten. Wenn es Hasen gab, dann hier. Mit Vorliebe ließ Friedhelm Gudehus Tom die Zaunreihen absuchen. Dort, wo um die Zaunpfähle herum ab und an noch höheres Gras stand, welches dem Hasen Deckung bot.

»Wäre doch gelacht, wenn ich keinen Hasen kriege«, sagte er trotzig zu sich selbst, während er das Ortsschild passierte. »Los, Tom. Denen werden wir's zeigen.«

Die Hasen saßen bei diesem Wetter natürlich bombenfest. Der wackere Griffon musste sich alle Mühe geben und so manche Runde im zum Teil knöcheltiefen Wasser drehen. Der Hund schaffte es aber immerhin, drei Hasen aufzustöbern.

Beim ersten Hasen schoss Friedhelm Gudehus vorbei. Aber richtig. Die Schrote schlugen in einen Zaunpfahl ein und ließen das marode Holz durch die Luft spritzen.

Beim zweiten Hasen kam er erst gar nicht zu Schuss. Tom war dem Meister Lampe derart dicht auf den Fersen, dass unser Jäger seinen Jagdhund nicht gefährden wollte und daher den Finger gerade ließ.

Erst beim dritten Hasen schien es zu klappen. Es war direkt an der Aller. Zwar saß der Treffer nicht hundertprozentig, doch der Hase zeichnete deutlich. Es war nur eine Frage der Zeit, bis Tom ihn packen würde. Doch was machte der Hase in seiner Not? Er flüchtete zur Aller. Gerade in dem Augenblick, als Tom zuschnappen wollte, sprang er todesmutig in den Fluss. Obwohl sich der Griffon nach heftigem Drängen seines Herrchens endlich ins Wasser begab, blieb der Hase verschwunden. Eine geschlagene Stunde suchten sie die Ufer beiderseits der Aller ab – vergebens.

Kaputt, frustriert, mit quietschnassen Füßen und einem vor Müdigkeit und Kälte zitternden Jagdhund an der Leine kehrte Friedhelm Gudehus heim. Seine ganze Hoffnung lag jetzt auf dem morgigen Dienstag. Dem 23. Dezember.

»Zumindest das Wetter spielt mit«, befand Friedhelm Gudehus, als er am nächsten Morgen aus dem Fenster schaute. In den frühen Morgenstunden hatte es überraschender-

weise wieder etwas Frost gegeben. Der Himmel war weitgehend klar, die Sonne schien.

Aber auch drei seiner Jagdfreunde spielten mit. Sie ließen sich ohne große Probleme zu einer kleinen Stokeljagd überreden. Man einigte sich auf 13.00 Uhr. Treffpunkt war die Zwillings-Linde am Ortsausgang.

Friedhelm Gudehus war der Erste, der bei der Linde eintraf. An seiner Seite marschierte Tom, noch ein wenig gezeichnet vom gestrigen Einsatz.

Harald Bludau, Horst Döpke und Cord-Peter Dusche trafen wenig später am Treffpunkt ein. Harald Bludau hatte Tessa, eine junge Deutsch-Drahthaarhündin dabei, Cord-Peter Dusche seinen Teckel namens Ben. Es konnte losgehen.

Horst Döpke äußerte den Wunsch, zunächst das so genannte ›Kleine Schilf‹ in unmittelbarer Nähe aufzusuchen. Das Schilf wäre um diese Jahreszeit und bei diesem Wetter stets gut für einen Fuchs. Die anderen stimmten zu, selbst Friedhelm Gudehus, wenn auch widerwillig. Er hatte den anderen nichts davon erzählt, dass er dringend einen Hasen brauchte, und zwar bis heute Abend. Dann wollte sein Bruder Dietmar kommen und seinen Weihnachtsbraten abholen. Ihm war es peinlich, dies einzugestehen und sich so noch mehr unter Druck zu setzen.

»Nach dem Regen gestern und der Sonne heute steckt bestimmt ein Rotrock im Schilf«, sagte Horst Döpke, während sie sich auf den Fußmarsch machten.

»Vielleicht auch der eine oder andere Hase«, machte Friedhelm Gudehus sich Mut.

»Aber klar doch«, erwiderte Harald Bludau. »Und wenn nicht, laufen wir hinterher die Allerwiesen ab. Dort kriegen wir mit Sicherheit Hasen vor die Flinte.«

Behutsam näherten sie sich besagtem ›Kleinen Schilf‹. Das gut eineinhalb Morgen große Areal mit Schilf, Weiden und üppigem Dornengestrüpp lag an der Grenze zwischen Feldmark und Allerwiesen. Außer Hasen und Füchsen waren hier auf den diversen Stokeljagden auch schon Fasane und Schnepfen geschossen worden.

Jeder Jäger deckte eine der vier Flanken. Das war zwar knapp bemessen, doch handelte es sich bei der kleinen Jagdgesellschaft ausnahmslos um gute Flintenschützen, so dass man das Risiko getrost eingehen konnte. Sie hatten sich noch nicht richtig postiert, als auch schon zwei Rehe hervorbrachen. Die Ricke und ihr Kitz sprangen mit riesigen Sätzen in die Feldmark davon.

Und kaum waren die drei Hunde geschnallt und unter lautem Gekläffe in dem Röhricht untergetaucht, da kam auch schon der Fuchs. Schlau, wie Meister Reineke nun einmal ist, verließ er das Schilf nicht an der Flanke, sondern in einer der Ecken, wo ihm eine Zaunpfahlreihe leidlich Deckung bot. Sowohl Harald Bludau wie auch Cord-Peter Dusche schossen jeweils zweimal. Doch der Fuchs hatte sich buchstäblich ins spärliche Gras gedrückt, schlug einen Haken und verschwand scheinbar gesund in einem nahen Wäldchen. Die drei Hunde waren sofort auf seiner Spur. Da nützte es auch nichts, zu pfeifen oder zu brüllen. In null Komma nichts waren die Vierbeiner aus dem Schilf heraus und auf und davon.

Ratlos schauten die vier Jäger ihnen nach und harrten der Dinge. Derweil schlich sich ein Hase in bester Schussentfernung an Harald Bludau vorbei und raste den Acker hinauf.

»Mist!«, schimpfte der düpierte Jäger. Durch die Fuchsgeschichte hatte er versäumt, rasch nachzuladen. Auch Friedhelm Gudehus fluchte innerlich, als er den Hasen davonflitzen sah. Für ihn war der Meister Lampe allerdings viel zu weit weg.

Als erster Hund kam Tessa zurück, dann wenige Minuten später Tom. Doch von Ben war noch nichts zu sehen. Typisch Teckel.

Die beiden Vorstehhunde durchsuchten noch einige Zeit das Schilf, brachten aber kein weiteres Stück Wild vor die Flinten der vier Jäger. Als man sich darauf sammelte und von Ben immer noch nichts zu sehen oder zu hören war, wurde beschlossen, den Ausreißer zu suchen. Friedhelm Gudehus wusste, dass sich in dem Wäldchen, in dem Fuchs und Dackel verschwunden waren, ein Fuchsbau befand – und ahnte Schlimmes.

Die ehemalige Allerdüne war ideal für einen Fuchsbau. Der entlegene Kiefernwald mit dichtem Traubenkirschenunterstand lag auf einer Anhöhe aus schierem Sand. Hier ließ sich herrlich buddeln. Und in diese Gegend verirrte sich selten ein Mensch.

Als sie den Fuchsbau erreichten, hörten sie ihn schon. Da kläffte Ben tief drunten in der Röhre. Rasch wurden die verschiedenen Ausgänge besetzt und die Flinten entsichert.

Doch in der nächsten Viertelstunde passierte nichts. Nur das Gekläffe wurde weniger. Schließlich legte sich Cord-Peter Dusche auf den Bauch und lauschte in das Erdinnere.

»Er knurrt nur noch«, sagte er mit besorgter Miene. »Wahrscheinlich hat er sich mit dem Fuchs verbissen. Oder er wird gerade von ihm eingebuddelt. Es hilft nichts. Wir müssen graben.«

Friedhelm Gudehus sah seine Felle davonschwimmen. Die Hasenjagd rückte in weite Ferne – und der Weihnachtsbraten für Bruder Dietmar auch. Es war wie verhext. Aber vielleicht hatten sie ja Glück im Unglück, würden den Teckel binnen kurzem bergen und dann doch noch auf Hasenjagd gehen.

Zunächst mussten sie aber erst einmal Werkzeug beschaffen. Während Cord-Peter Dusche und Harald Bludau am Bau blieben, machten sich Friedhelm Gudehus und Horst Döpke auf den Weg.

Eine Dreiviertelstunde später waren sie zurück. Sie hatten in aller Eile zwei Spaten, zwei Schaufeln, eine Spitzhacke, Taschenlampe und ein Seil organisiert. Das Graben begann. Während zwei Mann gruben, hielten die anderen beiden mit ihren Flinten Wache. Es konnte immer noch sein, dass der Fuchs, oder eventuell auch mehrere Füchse, gesprengt wurden.

Nachmittags um drei, nachdem bereits mehrere Kubikmeter Sand bewegt worden waren, sprang der erste Fuchs. Horst Döpke hatte aufgepasst. Der Fuchs lag im Feuer. Fünf Minuten später kam der zweite. Auch er kam nicht weit. Harald Bludaus Schrotgarbe ließ ihn rollieren. Erst eine halbe Stunde später und nach weiterer Plackerei mit Spaten und Schaufel waren sie wirklich am Ziel. Überglücklich schloss Cord-Peter Dusche seinen völlig verdreckten, aber gesunden Teckel in die Arme. Die Füchse hatten es tatsächlich geschafft, Ben zu verklüften.

»Dann können wir ja endlich in die Allerwiesen - und Hasen jagen«, versuchte Friedhelm Gudehus die anderen zu motivieren. »Ist doch noch hell genug.«

Doch die drei schauten ihn ungläubig an. »Das ist doch nicht dein Ernst«, ließ Cord-Peter Dusche verlauten. »In einer halben Stunde ist es dunkel. Und nach so einer erfolgreichen Befreiungsaktion gehen wir doch nicht einfach zur Tagesordnung über - nein, da wird gefeiert. Und zwar Bens Geburtstag. In Hemmes Gasthaus - selbstverständlich auf meine Kosten.«

In Hemmes Gasthaus wurde an diesem Vorabend des 24. Dezember heftig gefeiert. Das Lokal war gut gefüllt. Zum einen trug der örtliche Kegelverein seine Weihnachtsfeier aus. Zum anderen traf - kurz nachdem Friedhelm Gudehus und seine Mitjäger die Gastwirtschaft betreten hatten - noch eine weitere Jagdkorona ein. Nämlich die des Dr. Kreibohm.

Im Jagdbezirk III hatte man ebenfalls das schöne Wetter genutzt, um die verpatzte Treibjagd vom Samstag nachzuholen, allerdings im Vergleich zum Bezirk II mit weitaus mehr Fortune. Sie hatten mit elf Schützen dreizehn Hasen und einen Fuchs erlegt.

Friedhelm Gudehus guckte nicht gerade glücklich, als er von der Strecke erfuhr. Da waren also die Hasen. Einen Bruchteil dieser Strecke hatte er sich auch für sich und seine Mannen ausgerechnet. Aber nach einem Hasen zu fragen und ihn gar käuflich von den Jagdnachbarn zu erwerben, das verboten Jägerehre und sein Stolz. Er machte also gute Miene zu bösem Spiel. Man setzte sich zusammen und feierte gemeinsam, jede Jagdgesellschaft ihren eigenen Triumph.

Da Cord-Peter Dusche nicht zu bremsen war und eine Runde Rezepte nach der anderen schmiss, waren alsbald schon alle bester Laune. Auch Friedhelm Gudehus' Stimmung wurde mit jedem Glas versöhnlicher und ausgelassener. Er hatte bereits ordentlich Schlagseite – es war so gegen sieben Uhr abends –, als sein Handy klingelte.

Es war seine Marlies. Bruder Dietmar wäre da, um den Hasen abzuholen.

Hätte Friedhelm Gudehus nun gesagt, dass es heute mit dem Hasen nicht geklappt hat, und dass er es morgen noch einmal probieren würde, wäre die ganze Angelegenheit wahrscheinlich glimpflich ausgegangen. So aber sagte er nur kurz: »Ich komme!« und stand auf.

Das Unglück nahm seinen Lauf.

»Wo willst du denn hin?«, fragte Cord-Peter Dusche mit schwerer Zunge, als er sah, wie Friedhelm Gudehus seine Jacke anzog.

»Bin gleich wieder da«, antwortete der Angesprochene mit nicht minder schweren Sprachschwierigkeiten. »In zehn Minuten.«

Trotz seines alkoholisierten Zustandes und obwohl sein Hof nur wenige Fußminuten entfernt lag, wandte sich Friedhelm Gudehus dem Parkplatz zu. Er hatte seinen Pickup gerade unter erheblichen Mühen aufgeschlossen, als plötzlich der Wirt von Hemmes Gasthof neben ihm stand. Ohne lange zu fackeln, nahm er seinem Gast den Autoschlüssel aus der Hand.

»Der bleibt bis morgen bei mir«, sagte er freundlich, aber bestimmt und verschwand, so schnell wie er gekommen war, wieder in der Gastwirtschaft.

Friedhelm Gudehus stand da wie ein begossener Pudel. Schließlich schlug er die Autotür zu und machte sich auf den Fußmarsch nach Hause. Wankenden Schrittes überquerte er den nur unzureichend ausgeleuchteten Parkplatz. Er wollte gerade in eine Seitenstraße einbiegen, als er einen Hund bemerkte. Wie er im matten Schein der Straßenlaterne erkennen konnte, handelte es sich nicht um einen der Jagdhunde, sondern um eine struppige Promenadenmischung. Friedhelm Gudehus meinte, den wilden Kläffer vom Dorfschmied Hapke erkannt zu haben.

Der Hund machte sich an der Rückseite eines Pkw-Anhängers zu schaffen. Erst als Friedhelm Gudehus näher trat, suchte er nur widerwillig und böse knurrend das Weite.

»Sieh mal einer an«, murmelte der Landwirt. »Der Streckenwagen von Dr. Kreibohm.«

Er ging um den Anhänger herum und sah, dass die Plane nicht richtig verschlossen war.

»Da wollte sich jemand einen Braten stibitzen«, grinste er. »Aber nee! Nicht mit mir.«

Friedhelm Gudehus schickte sich an, die offenen Schnallen eine nach der anderen zu verschließen.

»Eigentlich hat es dieser hochnäsige Doktor verdient«, brummte er, »dass man ihm mal 'nen Hasen klaut. Dieser eingebildete Fatzke! Soll gefälligst besser auf seine Strecke aufpassen.«

Im gleichen Augenblick machte es Klick bei ihm. Wie angewurzelt blieb er stehen, während sein Gehirn fieberhaft arbeitete.

Dann schaute er rasch in die Runde. Der Parkplatz lag völlig verlassen, keine Menschenseele war zu sehen. Er hatte einen Entschluss gefasst.

Friedhelm Gudehus ließ die Schnallen fahren und eilte zu seinem Pickup zurück. Dort nahm er einen Kartoffelsack von der Ladefläche. Wieder schaute er sich um. Er war noch immer allein auf dem Parkplatz. Rasch ging es zurück zu dem Anhänger.

Dort angekommen, machte er sich wieder an der Plane zu schaffen. Doch dieses Mal öffnete er die Schnallen, anstatt sie zu verschließen, und griff schließlich ins Hängerinnere. Während sein Augenmerk weiterhin auf den Parkplatz und die Straße gerichtet war, tastete er mit beiden Händen den Boden des Anhängers ab. Schon bald stieß er auf das Gesuchte.

»Dieser scheint mir etwas zu schwach«, murmelte er gut gelaunt. »Und dieser hat zuviel Schweiß. Wahrscheinlich ist er völlig zerschossen. Aber dieser hier, der etwas abseits liegt, scheint besonders kapital und nahezu unversehrt zu sein. Den nehme ich. Da wird mein Bruder aber Augen machen.«

Ohne seinen Blick von der Umgebung zu lassen, beförderte er den mitgebrachten Sack ins Anhängerinnere. Als er gerade sein auserwähltes Stück verstauen wollte, öffnete sich die Wirtshaustür und einige Kegelbrüder kamen heraus. In aller Eile stopfte Friedhelm Gudehus seine Beute in den Sack, hievte ihn aus dem Anhänger und versteckte sich hinter einer nahen Kastanie.

Als die Kegelbrüder endlich abgefahren waren, wagte sich der heimliche Dieb aus seinem Versteck und huschte

davon. Er sah nicht,
dass die Wirtshaustür ein weiteres
Mal geöffnet wurde. Dr. Kreibohm und sein Schwiegersohn traten heraus und gingen zu dem Streckenwagen.

Um zu seinem Hof zu gelangen, wählte Friedhelm Gudehus wenig befahrene und dunkle Seitenstraßen. Als er dort mit dem Sack auf dem Rücken wenig später ankam, traten gerade Marlies und Dietmar vor die Haustür.

»Da bist du ja endlich«, tadelte seine Frau. »Gerade wollte ich Dietmar schicken, dich abzuholen. Habe mir gedacht, dass du einen über den Durst getrunken hast.«

»Immer langsam mit den jungen Pferden«, antwortete Friedhelm Gudehus, während er sich den Schweiß von der Stirn wischte, »'n alter Mann ist kein D-Zug.«

»Hast du nun einen Hasen? Oder nicht?«

Seine Frau deutete auf den Sack, den er immer noch über der Schulter trug.

»Natürlich!«, konterte er. »Was denkt ihr denn? Versprochen ist versprochen.«

Lässig warf er ihnen den Sack vor die Füße.

»Da, nimm, Bruderherz. Dein Weihnachtshase, lasst ihn euch gut schmecken. Dir und deiner neuen Flamme wünsche ich Fröhliche Weihnachten. – Gute Nacht. Ich muss noch einmal zurück in die Kneipe.«

Friedhelm Gudehus hatte noch keine fünf Schritte Richtung Hofausgang gemacht, als ihn ein Schrei zusammenfahren ließ.

»Friedhelm!«, rief seine Frau mit durchdringender Stimme. »Was soll nun das schon wieder?«

Der Landwirt blieb stehen. Dann drehte er sich ganz langsam um.

Da standen im Schein der Hoflampe seine Frau Marlies und sein Bruder Dietmar, beide wie zu Salzsäulen erstarrt. Dietmar hielt in seiner linken Hand den leeren Sack und in der rechten ein lebloses Tier – weit von sich gestreckt. Ein rötlich gefärbtes Tier, mit spitzem Fang, aufrecht stehenden Gehören und mit einer buschigen, für einen Hasen höchst untypischen Lunte. Es handelte sich eindeutig nicht um den erhofften Weihnachtsbraten, sondern – um einen Fuchs.

Im selben Augenblick kam Dr. Kreibohm auf den Hof gefahren.

Die Taschenuhr

Mit vollem Munde summte Barbara Koch vergnügt mit. Die Tüte mit dem Schmalzgebäck lag neben ihr auf dem Beifahrersitz, überall war Puderzucker verteilt. Bevor sie losgefahren war, hatte sie sich noch rasch die Süßigkeit vom Weihnachtsmarkt geholt. Für ein richtiges Mittagessen in der Stadt war keine Zeit geblieben.

»Alle Jahre wieder ... « Der helle Gesang des Kinderchors wurde abrupt durch eine dringende Verkehrsdurchsage unterbrochen. Die Fahrerin drehte das Autoradio etwas leiser.

Gut gelaunt lenkte sie den Wagen über die Landstraße. Auch der eklige Schneeregen, der gegen die Windschutzscheibe klatschte, vermochte ihre gehobene Stimmung nicht zu beeinträchtigen.

Sie fuhr frohen Mutes nach Hause, denn soeben hatte sie das letzte Weihnachtsgeschenk abgeholt. Und das wichtigste – wenn man die Geschenke für die Kinder einmal außer Acht ließ. Nämlich das für ihren geliebten Gatten Hendrick. Nun konnten die Festtage getrost kommen!

Der Goldschmied hatte sein Versprechen gehalten. »Am 23. Dezember wird das gute Stück fertig sein«, hatte er behauptet. Obwohl in der Vorweihnachtszeit unendlich viel zu tun war, hatte er die Arbeit noch kurzfristig angenommen. Am 20. Dezember, also vor drei Tagen. Auch wenn es sich nur um eine Gravur handelte – sie musste erst einmal erledigt sein.

›Für meinen geliebten Rick‹ hatte sie in die Taschenuhr eingravieren lassen, in die Savonette-Taschenuhr mit Jagdmotiven, die Barbara Koch nach langer Suche in

einem kleinen Antiquitätengeschäft in der Altstadt entdeckt hatte. Ein französisches Meisterwerk aus dem vorigen Jahrhundert. Das Hochrelief auf dem Deckel stellte einen Keiler dar, der sich mit einem Terrier balgte. Beide Tiergattungen liebte ihr Rick über alle Maßen.

Es war nicht ganz einfach gewesen, für Hendrick Koch ein passendes Weihnachtsgeschenk zu finden. Da sich bei dem Büchsenmacher aus Leidenschaft fast alles um die Jagd drehte, musste es stets etwas aus diesem Bereich sein. Und Jagd-Accessoires gab es ja eigentlich auch zur Genüge.

Doch arbeitete Hendrick Koch zu allem Überfluss – das ist natürlich ironisch gemeint – in einem großen Jagd-Geschäft. Tagtäglich bekam er alle möglichen Neuheiten, die sich mit dem Waidwerk beschäftigen, in die Hände. War es nun das DeLuxe-Messerschärfe-Set, der elektronische Stiefelheizer, das neueste Jagdlexikon oder die superweiche Thermounterhose aus Alpaka. Er war mit nichts mehr zu überraschen.

Daher war Barbara Koch darauf angewiesen, in anderen Geschäften auf die Pirsch zu gehen. Vor zwei Jahren hatte sie aus lauter Verzweiflung den Konkurrenzladen in der Innenstadt aufgesucht und war dort auch prompt dem nicht gerade freundschaftlich verbundenen Jagdnachbarn ihrer Mannes, einem gewissen Felix Kretzmeier, in die Arme gelaufen.

»Sie hier, Frau Koch?«, hatte dieser getönt. »Wenn ich das Ihrem Mann erzähle. Das ist ja geradezu geschäftsschädigend ... « Hämisch lachend war Felix Kretzmeier damals von dannen gezogen und hatte ihr Zusammentreffen bei den nächsten Drückjagden unter die Leute gebracht.

Durch einen Zufall war sie dieses Jahr auf das unscheinbare Antiquitätengeschäft in einer Seitenstraße gestoßen. Das Schaufenster war mit einem Hirschgeweih dekoriert gewesen und hatte sie so angelockt. An einer der Stangen hing nun besagte Taschenuhr, sie gefiel ihr auf Anhieb. Und sie war sich sicher, dass ihrem Rick das gute Stück auch zusagen würde.

Er würde die Uhr nicht für den alltäglichen Gebrauch benutzen, dazu war sie zu unpraktisch und zu wertvoll. Aber an bestimmten Tagen, zu bestimmten Anlässen würde er sie aus der Schatulle nehmen. Zur Trophäenschau zum Beispiel, zum Jägerball - oder eben zu Weihnachten.

Barbara Koch hatte inzwischen das Dorf erreicht. Der Schneeregen war nun in dicke, handtellergroße Schneeflocken übergegangen. Im null Komma nichts waren die Seitenstreifen der Straßen weiß. Auf dem Asphalt dagegen bildete sich eine graue Matschpampe.

Sie fuhr direkt unter die Scheune und gelangte so trockenen Fußes ins Haus.

»Da bist du ja endlich.« Die Begrüßung stammte von einem großen, weißhaarigen Herrn, der in der offenen Hintertür stand.

»Tut mir leid, Vati, dass es so spät geworden ist. Aber dieser Weihnachtsverkehr ... « Sie drängte sich an ihm vorbei ins Haus.

»Warst du denn erfolgreich?«

»Na klar.« Sie lachte schelmisch. »Willst du mal sehen?«

»Eigentlich muss ich schon längst unterwegs sein. Im Laden ist bestimmt der Teufel los. Und einige Weihnachtsbraten muss ich auch noch ausliefern.«

»Du verschenkst wieder den halben Laden«, tadelte die Tochter ihren Vater. Kurt Fortmüller führte einen Fleischerladen, in dem er gewöhnlich auch das Wild aus seiner Hochwild-Jagd vermarktete. Doch zu Weihnachten verschenkte er so manche Keule und edlen Rücken.

»Nur zwei Minuten«, sagte sie. »Ich möchte gern wissen, was du darüber denkst.«

»Na, wenn's denn sein muss ...«

»Wo stecken eigentlich die Kinder?«

»Oben im Kinderzimmer.«

»Haben sie dir auch keine Schwierigkeiten gemacht?«

»I wo! Bei mir doch nicht.«

Sie betraten die Küche.

»Wir müssen uns beeilen. Rick kann ja jeden Moment kommen.«

Barbara lud ihre Taschen auf dem Küchentisch ab und kramte eine braune Pappschachtel hervor. Sie stellte sich neben die Anrichte.

»Komm hier zur Lampe«, forderte sie ihren Vater auf. »Da kannst du besser sehen.« Sie nahm den Deckel von der Schachtel und schlug das Papier zurück.

»Na, ist die was für Rick?«

»Meine Brille ... «, erwiderte Kurt Fortmüller, während er seine Taschen abklopfte. »Ich brauche meine Sehhilfe. Ich vergesse ständig, wo ich sie hingetan habe. Jaja, das Alter und die Vergesslichkeit ... « Schließlich hatte er seine Brille in einer der Hosentaschen gefunden. Behutsam nahm er die Taschenuhr in Empfang.

»Donnerwetter! Mit einem Schwarzwildmotiv. Die ist aber schön!«, entfuhr es ihm. Mit gestreckten Armen hielt er das kostbare Stück unter die Lampe. Vorsichtig ließ er den Deckel aufschnappen.

»Reine Handarbeit«, flüsterte seine Tochter ehrfurchtsvoll. »Und schau dir mal den frechen Terrier an. Sieht der nicht aus wie unsere Merle in jungen Jahren?«

Kurt Fortmüller schielte über den Brillenrand und musste grinsen.

»Die hat doch sicher ein Vermögen gekostet?«, wollte er wissen.

In diesem Moment vernahmen sie Geräusche auf dem Hof. Motorengeräusche. Dann klappten zwei Autotüren kurz hintereinander.

»Rick!«, entfuhr es Barbara Koch. »Das ist Hendrick. Gib rasch her.«

Sie nahm ihrem Vater die Taschenuhr aus den Händen und stopfte sie so gut es ging zurück in die Schachtel. Gerade wollte sie zum Küchentisch hinüber, um das Geschenk in einer der Tüten zu versenken, als sie Schritte auf dem Flur vernahm.

Zu spät. Instinktiv drehte sie sich um. Sie hörte, wie hinter ihr die Tür aufflog. Vor ihr - in Hüfthöhe an der Anrichte - hing der Stoffbeutel für altes Brot. Hier hinein ließ sie das Schächtelchen plumpsen.

»Fröhliche Weihnachten!«, rief Hendrick Koch mit Inbrunst, während er in die Küche trat. »Was macht ihr denn für Gesichter? Barbara, Schwiegerpapa! Ist etwas passiert?«

»Fröhliche Weihnachten wünscht man sich erst morgen«, erwiderte seine Frau, indem sie an den Küchentisch trat. »Und das du mir ja nicht an die Tüten gehst.«

»Ich habe jetzt schon mal ›Fröhliche Weihnachten‹ gewünscht, weil ich jetzt drei Tage frei habe.« Er lachte lauthals und tat so, als ob er in den Tüten schnüffeln wollte.

»Finger weg!« Unsanft schob sie ihn zur Seite. »Ist da nicht eben noch ein Auto auf den Hof gefahren?«

»Ja. Jörg ist zusammen mit mir angekommen. Er holt Mais aus der Scheune. Wir wollen noch rasch eine Runde kirren fahren.«

»Kommt gar nicht in die Tüte«, hielt da seine Gattin resolut dagegen. »Es ist gleich halb drei. Der Weihnachtsbaum muss noch geholt werden, das Kaminholz ist alle, Altpapier muss zum Container, die Kinder ... «

»Schon gut, schon gut. Dann fährt der Jörg eben allein.«

In diesem Moment kamen drei Kinder in die Küche gestürmt. Krakeelend und aufgekratzt überfielen sie ihre Eltern. Offensichtlich hatte sie die Vorweihnachtsfreude gepackt.

»Zurück ins Wohnzimmer mit euch«, rief die Mutter. »Weg von den Tüten. Rick, hilf mir bitte.«

Gemeinsam schnappten sie sich die drei Rabauken und drängten sie zum Flur hinaus.

»Ich ziehe mich dann zurück«, rief ihnen Kurt Fortmüller noch nach.

»Herzlichen Dank für die Kinderbetreuung, Schwiegerpapa.« Hendrick Koch war noch einmal in der Küchentür erschienen. Den kleinen Bastian hielt er wie einen Mehlsack auf der Schulter. »Fahr vorsichtig bei dem Schnee, und grüß die Oma ganz lieb. Wir sehen uns ja morgen.«

Dann schloss er die Küchentür und folgte seiner Frau in das Wohnzimmer.

Der Rest des Tages verlief äußerst hektisch, zuweilen gar chaotisch. Es war noch so viel zu erledigen. Von vorweihnachtlicher Besinnlichkeit war an jenem Nachmittag des 23. Dezember im Hause Koch wenig zu spüren.

Während Barbara ihrem mittleren Sohn einen Verband mit Brandsalbe anlegte – Johannes war ausgerutscht und mit dem Unterarm an die heiße Klappe des Dänischen Kaminofens geraten –, verabschiedete Hendrick seinen Jagdkumpan Jörg.

»Es ist schon spät«, sagte dieser. »Ich mache heute nur die kleine Runde.«

»Gehst du anschließend noch auf Ansitz?«

»Hatte ich eigentlich vor. Und zwar auf die Schrotkanzel. Der Schnee scheint liegen zu bleiben, das wird 'ne helle Nacht.«

»Du Glücklicher. Ich habe heute Abend Familiendienst. Aber vielleicht komme ich später ja noch nach.«

Danach begab sich die Familie Koch – samt Kindern und Hunden – hinaus zum Weihnachtsbaumschlagen. Das geschah neuerdings im hinteren Teil des großen Gartens, wo Hendrick vor mehreren Jahren eine kleine

Fichtenschonung angelegt hatte: Genau für diesen Zweck, damit man in Ruhe und ohne Stress in unmittelbarer Nähe stets einen superfrischen Weihnachtsbaum schlagen konnte.

Doch dieses Jahr waren sie wieder einmal verflixt spät dran. Es dämmerte bereits, als sie mit Säge und Axt in den Garten stapften. Und es war stockdunkel, als sie endlich mit einer Fichte – es hatte mal wieder eine kleine Auseinandersetzung über die Auswahl des Baumes gegeben –, mit durchnässten Füßen und plärrenden Kindern ins Haus zurückkehrten.

Kaum waren sie im Warmen, klingelte das Telefon. Aufgebracht beschwerte sich die Nachbarin zur Rechten, dass auf dem Bürgersteig vor dem Koch'schen Hause der Schnee noch nicht gefegt sei. Sie wäre um ein Haar lang hingeschlagen und hatte sich den Fuß vertreten. Und dies ausgerechnet zum Weihnachtsfest.

»Blöde Zicke!«, murmelte Hendrick, nachdem er aufgelegt hatte, griff den Schneeschieber und ging kehren.

Mit Kerzenschein und Weihnachtsmusik zum Abendbrot versuchte Barbara, die Stimmung zu retten. Kurzzeitig gelang es ihr sogar. Doch dann stritten sich Bastian und Lennart so heftig, dass sie frühzeitig ins Bett geschickt wurden. Johannes kämpfte derweil tapfer mit seinen Schmerzen am Arm.

Als die Kinder endlich schliefen, machten sich die Eltern an die Arbeit: Den Weihnachtsbaum aufstellen und schmücken, das Weihnachtszimmer mit diversen Dekorationen wie Kerzenpyramide, Krippenspiel usw. herrichten – und natürlich musste noch das eine oder andere Geschenk eingepackt werden.

Gegen Mitternacht fiel das Ehepaar Koch erschöpft ins Bett. Durch die Fenstervorhänge lugte der halbe Mond, doch Hendrick dachte nicht mehr an die Jagd. Normalerweise war solches Wetter – Schneelage plus halber Mond – für ihn Grund genug, die Nacht auf dem Hochsitz zu verbringen, um Schweinchen zu jagen. Doch heute Nacht musste er passen. Schon bald drang sein Schnarchen durch das Obergeschoss, während sich seine Frau Barbara tapfer Watte in die Ohren stopfte.

Am nächsten Morgen kam das böse Erwachen. Am frühen Morgen des 24. Dezember.

Der Rest der Familie schlummerte noch selig, als Barbara Koch die Treppe hinabstieg. In dem Augenblick, als sie die Küche betrat, fiel ihr Blick unwillkürlich auf die Stelle, wo gestern Nachmittag noch der Stoffbeutel für das alte Brot gehangen hatte. Die Stelle war leer.

Siedendheiß fiel ihr die Taschenuhr ein.

In der Hektik des gestrigen Nachmittags und Abends hatte sie das Geschenk völlig vergessen.

Sie raste durch die Küche, schaute in alle Ecken, suchte im Müll, in der Speisekammer, unter dem Tisch. Der Brotbeutel war nicht da.

Sie überlegte. Sie ließ den gestrigen Nachmittag noch einmal vor ihrem inneren Auge Revue passieren: Erst ihr Vater, dann Hendrick, die Kinder – und schließlich Jörg.

Jörg wollte zum Kirren.

Barbara Koch schlug sich mit der flachen Hand vor die Stirn. – Jörg!

Das Brot wurde vorwiegend für die Pferde und Schafe in der Nachbarschaft gesammelt. Die Kinder liebten es, sie zu füttern. Doch zuweilen – besonders im Winter, wenn die Tiere im Stall waren – nahm Hendrick das Brot mit hinaus ins Revier. Zu seinen Schwarzkitteln.

Oder – er gab es Jörg mit.

Barbara raste zur Küche hinaus, die Treppe hinauf.

»Rick! Wo ist die Brottasche?« Ihre Stimme überschlug sich fast, während ihr Mann sich die müden Augen rieb. »Hast du sie Jörg mitgegeben?«

»Na klar«, brummte der unsanft Geweckte ungehalten. »Zusammen mit dem Apfeleimer. Für die Kirrungen.«

»Oh, nein!«, schluchzte sie und ließ sich kraftlos auf der Bettkante nieder.

»Barbara! Was ist los?«

Kurze Zeit später saßen die Eheleute Koch bei dampfenden Kaffeetassen am Küchentisch und hielten Kriegsrat. Die Kinder schliefen noch.

»Und du willst mir nicht sagen, was in dem Schächtelchen verborgen ist?«

»Nein. Jetzt noch nicht.« Ihre Stimme klang schon wieder etwas zuversichtlicher. »Es ist doch das Weihnachtsgeschenk für dich.«

»Nun gut.« Er lächelte und streichelte seiner Frau liebevoll den Arm. »Wenn ich das dem Jörg erzähle – der lacht sich schlapp.«

»Können wir ihn nicht endlich anrufen? Vielleicht hat er die Schachtel längst gefunden.«

»Der schläft sicher noch. Aber egal, ich wecke ihn.«

Doch der Anruf brachte nur Ernüchterung. Jörg hatte gestern sowohl die Brottasche als auch den Apfeleimer in aller Eile geleert, weil er noch auf Ansitz wollte. Ihm war keine braune Pappschachtel in der Größe einer Zigarettenschachtel aufgefallen.

Hendrick trat zurück an den Küchentisch. »Dann müssen wir eben die Kirrungen abfahren und suchen. Jörg hat gesagt, dass er nur die kleine Runde gemacht hat. Das bedeutet, dass er lediglich an drei Stellen gewesen ist. Die haben wir ruckzuck abgesucht. Mach dir keine Sorgen, Barbara. Wir werden mein Geschenk schon finden.«

Nach einem hastigen Frühstück ging es los. Samt Kindern und mit Gustl, der jungen Dachsbracke. Die betagte Merle blieb allein im Zwinger zurück. Die drei Jungen wurden in Schneeanzüge und Gummistiefel gesteckt. »Ich dachte, Geschenke muss man nur zu Ostern suchen«, bemerkte Lennart altklug. Seine Eltern zuckten die Schultern und enthielten sich eines Kommentars.

Über Nacht war der Schnee wieder in Regen übergegangen. Es gab aber immer noch einige weiße Flächen, die sich hartnäckig hielten. Die Hoffnung auf eine Weiße Weihnacht war also noch nicht ganz verloren.

Der Pick-up wühlte sich seinen Weg durch Schlamm und riesige Pfützen. Niemand sonst war in der Feldmark zu sehen. Hendrick gab ordentlich Gas, so dass sie bald den Wald erreichten, in dessen Mitte die erste Kirrung lag.

Sie fuhren direkt auf den Wildacker. Man sah schon von weitem, dass die Sauen letzte Nacht hier gewesen waren. Die Erde war frisch gebrochen, vom Brot, den Äpfeln und dem Mais war kaum noch etwas übrig.

Fieberhaft durchsuchten sie den dunklen Matsch. Es gab Fährten über Fährten, ein paar Hasenköttel, eine Bussardfeder und jede Menge Kartoffelsteine. Doch von einer kleinen Pappschachtel war nichts zu sehen.

»Dort, schau mal, der Wechsel«, rief plötzlich Hendrick Koch. »Da liegt noch etwas Brot.«

Und richtig. Entlang des Wechsels, welcher in eine benachbarte Kiefernschonung führte, lagen noch einige Brotreste und halbe Äpfel. So, als ob die Rotte heute Nacht bei ihrer Vesper gestört worden war und bei ihrer überstürzten Flucht etwas verloren hatte.

»Da musst du hinterher«, befahl Barbara Koch ihrem Mann. »Vielleicht liegt die Schachtel ja da vorn irgendwo. Nimm Gustl mit.«

»Muss das sein?«

»Ja, das muss sein.«

»Okay! Aber ohne Hund. Der bleibt besser hier.«

Es gab kein Zurück. Auf allen vieren kroch Hendrick in die sperrige Kiefernschonung hinein. Äste knackten, man hörte deutlich sein unflätiges Fluchen. Der Rest der Familie wartete derweil. Zwei, drei, – fünf, schließlich zehn Minuten.

»Papa! – Papa!«, fingen die Kinder an zu rufen. Der Hund bellte, aber eine Antwort blieb aus. Weitere zehn Minuten verstrichen.

Gerade wollte sich Barbara zum Auto begeben, um laut zu hupen, als ihr Mann auftauchte. Klitschnass von außen, schweißgebadet von innen und mit unzähligen stechenden Kiefernnadeln paniert stand er vor ihnen. Mit leeren Händen.

»Lasst uns weiter fahren«, knurrte er nur und ging zum Auto.

Die zweite Kirrung lag am Rande eines Eichen-Altholzes, neben einer kleinen Suhle. Auch hier hatten die Sauen sich gütlich getan. Mais, Brot und Äpfel waren restlos verschwunden. Restlos?

»Da schwimmt ein Brötchen«, rief der kleine Bastian, während er mit dem Zeigefinger auf das Erdloch wies. Tatsächlich. Am Rande der schwarzen Pampe, die sich Suhle schimpfte, dümpelte ein helles Brötchen.

»Trockenes Futter schleppen die Schweine gern in Pfützen, um es aufzuweichen«, dozierte Hendrick wie auf einem Jungjägerlehrgang. »Dann ... dann ... «

»Dann könnte sich also auch die Schachtel dort irgendwo im Schlamm befinden«, vollendete seine Frau den Satz. »Pappschachteln sind mindestens so trocken wie Brötchen. Also, machen wir uns an die Arbeit.«

»Nein! Um Gottes willen! So habe ich das nicht gemeint.«

»Bitte Papa«, quengelten die Jungen. »Tu Mama den Gefallen. Heute ist doch Weihnachten.«

Da blieb dem wackeren Familienvater nichts anderes übrig, als nachzugeben. Er holte einen Klappspaten aus dem Wagen und stieg in die Suhle. Dann begann er zu schaufeln. Den Auswurf untersuchten Barbara, ihre drei Kinder und mehr schlecht als recht die verspielte Dachsbracke Gustl. Mit Stöcken, Füßen bzw. Pfoten oder gar bloßen Händen durchwühlten sie den Schlamm nach einer kleinen, braunen Pappschachtel. Nach wenigen Augenblicken waren sie regelrecht eingesaut ...

Zwanzig Minuten später war die Suhle leer geschaufelt und der schwarze Matsch vollständig durchsucht. Aber außer einer rostigen Dose und ein paar Kienäpfeln kam nichts zutage.

»Dann müssen wir eben weiter«, seufzte ein sichtlich enttäuschter Hendrick. »Eine Chance haben wir ja noch.«

Da klingelte das Handy in seiner Hosentasche. Sein Besitzer fluchte. Nachdem er seine Hände im Gras so leidlich abgewischt hatte, fingerte er das Telefon mit spitzen Fingern hervor.

Es war Jörg. Mit wenigen Worten schilderte er ihm den Sachverhalt.

»Du bist auf dem Weg zu uns? - Das ist ja nett. - Dann treffen wir uns am Dachsbau. - Ja, bis gleich.«

Er steckte das Handy ein. »Jörg kommt uns suchen helfen. Wir treffen uns am Dachsbau.«

»Am Dachsbau?« Barbara Koch guckte ungläubig.

»Ja, dort ist die dritte Kirrung.«

Wieder stiegen sie ins Auto. Die sechs Insassen waren mittlerweile genauso mit Schlamm bespritzt wie das Äußere des Geländewagens. In Windeseile - denn die Mittagszeit nahte, und es war schließlich der 24. Dezember - ging es über Stock und Stein. Nach einigen hundert Metern waren sie zur Stelle. Zeitgleich mit ihnen traf Jörg ein.

»Wie seht ihr denn aus?«, begrüßte dieser die nicht gerade glücklich dreinschauende Familie. »Ist das wirklich wahr? Ich habe den Sauen Perlen vorgeworfen?«

Er musste über sein Wortspiel lachen.

»Perlen?« Barbara Koch guckte konsterniert. »Ach so, ja. Verstehe. So etwas Ähnliches. In einer braunen Pappschachtel, etwa so groß.«

Ohne großes Palaver machten sie sich auf die Suche. Auch diese Kirrung war nächtens von Wildschweinen besucht worden.

»Aber das muss erst heute Morgen passiert sein«, bemerkte da Jörg. »Denn bis um drei Uhr in der Früh habe ich dort drüben auf der Schrotkanzel gesessen und keine Sauen bemerkt.«

»Stimmt. Du warst ja heute Nacht draußen.«
Hendrick stocherte mit seinem Stiefel ein Stück Holz zur Seite. »Und du hast wirklich nichts gesehen?«

»Nur den alten Dachsrüden. Der – Moment mal ... Jetzt fällt mir etwas ein. Der Dachs hat sich was vom Brot geschnappt und ist damit rüber zum Bau. Vielleicht – vielleicht war das ja gar kein Brot, sondern ... «

»Los, zum Bau«, unterbrach ihn da Barbara und lief schon in den Wald hinein. Die anderen folgten.

Der Dachsbau lag keine dreißig Schritte entfernt an einer Kuppe. Weißer Sand, der vor den Röhren aufgetürmt lag, ließ ihn unschwer erkennen. Eine windschiefe, uralte Kiefer thronte wie ein Dach über dem Bau.

»Hier, frische Dachsspuren«, sagte Jörg, der bei einer der Hauptröhren kniete. »Sie führen hinein.«

»Und keine wieder heraus«, entgegnete Hendrick an seine Frau gewandt. »Das bedeutet, Meister Grimbart ist noch zu Hause.«

»Dann müssen wir graben«, sagte sie.

»Wie stellst du dir das vor? So ein alter Bau ist riesig. Er hat 'zig Röhren und geht metertief unter die Erde.«

»Wenigstens ein bisschen.« Barbara Koch war den Tränen nahe. »Vielleicht hat der Dachs schon bald gemerkt, dass er nichts Fressbares, sondern nur eine Pappschachtel erwischt hat, und hat sie einfach in der Röhre fallen gelassen.«

»Ja, Papa«, johlten die Kinder. »Buddle noch ein wenig. Heute ist doch Weihnachten.«

»Eben.« Hendrick schaute auf die Uhr.

»Aber höchstens eine halbe Stunde. Dann geben wir auf. – Jörg, du hast doch sicher auch einen Spaten dabei.«

Sie gruben bereits mehr als eine volle Stunde. Um sie herum sah es aus wie auf einem Schlachtfeld. Die Hauptröhre war auf knapp zwei Meter Länge freigelegt. Die unzähligen zähen Wurzeln der alten Kiefer hatten ihnen schwer zu schaffen gemacht.

Barbara hatte sich mit den Kindern ins warme Auto zurückgezogen. Sie lauschten andächtig einer Weihnachtsgeschichte im Radio.

»Ich kann nicht mehr«, stöhnte Hendrick. »Komm, lass uns Schluss machen.«

»Einverstanden«, erwiderte Jörg erleichtert. »Und du weißt nicht einmal, nach was wir hier eigentlich konkret suchen?«

»Nein. Ich weiß nur, dass es mein Weihnachtsgeschenk sein soll. Barbara wird sehr geknickt sein.«

»Dann ... «

Ein Handypiepen unterbrach ihn.

»Das ist deins«, sagte Jörg und wies auf die Jacke, die am Baum hing. Hendrick holte das Telefon hervor.

»Ach, du bist es Schwiegervater. – Ja, Barbara ist auch hier. Einen Moment.«

Er stiefelte zum Auto hinüber und öffnete mit klammen verdreckten Fingern die Wagentür.

»Dein Vater«, flüsterte er. Die Kinder waren kurz vorm Einschlafen. Barbara stieg aus und schloss leise die Tür hinter sich.

»Ja Vati ... Was gibt's?«

»Hast du schon nach der Taschenuhr gesucht?«, hörte sie ihren Vater fragen.

»Ja, natürlich. Wir tun nichts anderes. Den ganzen verfluchten langen Tag schon. Aber, woher ... ?«

»Es tut mir leid. Aber ich bin so vergesslich in letzter Zeit. Es ist mir eben erst wieder eingefallen.«

»Was ist dir eben erst wieder eingefallen?«

Barbaras Stimme wurde spürbar lauter.

»Na, das mit der Taschenuhr. Ich hatte gestern gesehen, wie du die Schachtel in den Brotbeutel rutschen ließest. Da habe ich sie vorsichtshalber wieder rausgenommen. Als ich allein in der Küche war. Weil der Jörg doch noch zum Kirren wollte ... «

»Nein ... !« Barbara war einem Tobsuchtanfall nahe. »Wo hast du sie?« schrie sie nun fast.

»Pssst! Nicht so laut.« Der Vater versuchte seine Tochter zu besänftigen. »Sonst hört Hendrick dich noch. Die Uhr soll doch eine Überraschung sein.«

»Das ist sie, fürwahr.«

Vor lauter Aufregung glitt ihr fast das Funktelefon aus der Hand.

»Vati, sag mir endlich, wo du die Schachtel hast.«

»Ich habe sie nicht. Ich habe sie lediglich in ein anderes Versteck getan. Damit Jörg sie nicht den Sauen zum Fraß vorwirft ...«

Der Satz endete mit einem Kichern.

»Wo?«

Barbara war alles andere als zum Spaßen zu Mute. Sie rang sichtlich mit ihrer Fassung. Zu allem Überfluss sah sie sich plötzlich von ihrem Mann, von Jörg, den Kindern und Gustl umringt. Mit fragenden Blicken schauten sie auf die Telefonierende.

»Ich habe sie in eure Suppenterrine im Küchenschrank gelegt«, frohlockte Vater Fortmüller. »Pfiffig, nicht wahr? Das Alter macht zwar zuweilen vergesslich, jedoch nicht dumm ...«

Der alte Herr hüstelte.

»Aber entschuldige bitte, dass ich mich nicht eher gemeldet habe. Ist ja noch Zeit. Die Bescherung gibt's ja erst heute Abend. Also – euch allen ein frohes Fest!«

Das Weihnachtsgeschenk

Das Unglück geschah an einem nebligen, nasskalten Dienstag genau zehn Tage vor Weihnachten - am frühen Nachmittag des 14. Dezember.

Jens Voigtländer, seines Zeichens Bezirksförster der Landwirtschaftskammer Niedersachsen, war mal wieder zu einer Drückjagd im benachbarten Staatsforst eingeladen. Dies passierte in schöner Regelmäßigkeit, denn der junge Kammerförster war ein passionierter Jäger und ein noch passionierterer Hundeführer.

Nicht zuletzt wegen seines hervorragend jagenden Terriers Zorro war er stets gern gesehener Gast bei den verschiedenen Gesellschaftsjagden auf Schalenwild: Ob beim Fiskus - zwei staatliche Forstämter grenzten direkt an seinen Bezirk -, beim Bund - Jens Voigtländer hatte einen Jahrgangskollegen, der die Waldungen auf einem Truppenübungsplatz in der Zentralheide betreute - oder bei den zahlreichen Gemeinschaftsjagdbezirken im Bereich seiner Bezirksförsterei.

An diesem Dezembertag hatte man zu einer dieser klassischen Ansitz-Drückjagden geladen, auf Rotwild, Schwarzwild und Rehwild. Wer wollte, konnte auch einen Fuchs, oder gar einen Küchenhasen für den kurz bevor stehenden Weihnachtsschmaus schießen. Rotwild wurde an diesem Jagdtag nicht gesichtet, dafür um so mehr Schweine - Zorros Spezialität. Beim morgendlichen Frühansitz und dem anschließenden Treiben waren bereits 11 Sauen zur Strecke gekommen, mit gerade mal 15 Schuss. Die rund zwei Dutzend Jäger hatten also recht ordentlich geschossen.

Und die Treiber und Hunde hatten ordentlich getrieben. Es waren mindestens drei Rotten gesprengt worden. Der dreijährige Terrierrüde Zorro hatte daran einen maßgeblichen Anteil gehabt

Es geschah zu Beginn der Mittagspause. Das ›Hahn in Ruh!‹ war längst verklungen und Jens Voigtländer stapfte einen Waldweg entlang, der zu dem Streckenplatz führte. Neben ihm ging ein weiterer Hundeführer, ein Forstkollege mit einer dunkelbraunen Wachtelhündin, die wie Zorro angeleint lief. Die beiden Förster sahen bereits den Schein des mittäglichen Lagerfeuers vor sich und glaubten, von ferne den Duft von leckerer, heißer Brühe im tristen Nebeldunst auszumachen – als hinter ihnen das Geschrei losging.

Instinktiv griff Jens Voigtländer nach dem Stutzen, den er auf dem Rücken trug, und drehte sich um.

»Ein Schwein! – Ein Keiler! – Achtung!«, gellte es durch den Wald. Die drei Treiber, die sich gut zwanzig Meter hinter den beiden Hundführern auf dem Schotterweg befanden, fuchtelten wild mit ihren Treiberstöcken.

In diesem Augenblick brach der Keiler aus dem Unterholz. Und was für ein Kaventsmann! Für einen kurzen Augenblick verhoffte das kräftige Tier am Rand des Weges, keine zehn Meter von den beiden Förstern und ihren Hunden entfernt.

Aus der benachbarten Kieferndickung näherte sich Hundegekläff. Man war dem Schwarzkittel also auf den Fersen – welcher Jagdhund kümmert sich schon um ›Hahn in Ruh!‹, wenn er sich auf einer brühwarmen Fährte befindet. Der Keiler blies einmal lautstark, machte einen Satz über den Weg und verschwand im angrenzenden Stangenholz.

Jens Voigtländer senkte seinen Stutzen. Da preschten auch schon zwei Vorstehhunde über den Schotter. Die Nasen tief am Boden und Spurlaut gebend folgten die beiden korpulenten Deutsch-Kurzhaar der Fährte des Keilers.

Das war für Zorro und den Wachtel neben ihm zuviel. Beide zerrten ungestüm an ihren Leinen und wollten es den beiden Kurzhaar gleichtun: sofort wieder auf Schweinejagd gehen.

Für die Wachtelhündin, die fest an Leine und Halsung hing, gab es kein Entrinnen, wogegen sie mit einem wütenden Gebell protestierte. Der Terrier von Jens Voigtländer dagegen spürte zu seinem Erstaunen, dass seine Leine dem Druck plötzlich nachgab und von des Herrchens Schulter rutschte.

Dieses großzügige Angebot konnte der heißblütige Zorro nicht abschlagen. Nach einer hundertstel Sekunde Bedenkzeit - wenn überhaupt so lange - schoss er los, hinter dem Keiler und den beiden Kurzhaar her. Samt Halsung und Umhängeleine.

Eine Schrecksekunde später begriff unser Förster, was geschehen war. Hektisch griff er zur Hundepfeife und pfiff, was die Lunge hergab. Doch vergebens. Laut brüllend und fluchend rannte er seinem Hund nach.

Zorro hatte Glück. Oder sollte man besser sagen Unglück? Wenn man bedenkt, was dem Ausreißer in den folgenden Tagen noch alles bevorstand. Denn das Stangenholz, durch das der Keiler gezogen war, wies kaum Unterholz oder Schlagabraum auf. So konnte sich Zorros Umhängeleine auch nirgendwo festhaken, um ihn auszubremsen. Jens Voigtländer sah noch, wie sein Hund - einem schwarzen Kugelblitz gleich - in einem benachbarten Eichen-Altholz verschwand. Dann brach der Blickkontakt ab.

Doch der Förster rannte weiter. Noch konnte er sich an dem Gebell der beiden Kurzhaar orientieren. Er passierte mehrere Waldwege und Abteilungslinien,

Jagdkameraden, die zu Fuß zum Mittagsplatz strebten, winkten ihm zu. Er deutete ihre Handzeichen derart, dass er auf der richtigen Spur war.

Schließlich fand die Verfolgung ein vorläufiges Ende. Jens Voigtländer, mittlerweile völlig außer Atem und durchgeschwitzt, war an der Grenze des Staatsforstes angelangt. Drüben, jenseits des mächtigen Grenzgrabens, das wusste er nur zu gut, lag der Eigenjagdbezirk von Emil Raschke.

Raschke, ein neureicher Unternehmer und Besitzer mehrerer Gebäude-Reinigungsfirmen, duldete keinerlei Nachsuche in seinem Revier. Der als Choleriker und Egozentriker bekannte Städter war mit allen Nachbarn bis aufs Blut verfeindet und hatte auch sonst unter den Grünröcken wenige Freunde. Obwohl es sich um das beste Brunftrevier – 500 Hektar groß, ausschließlich Wald – weit und breit handelte, wollte kaum jemand länger als eine Saison bei ihm jagen.

Da war nun guter Rat teuer. Jens Voigtländer überlegte fieberhaft, was zu tun sei. Die Waffe ablegen und weiter marschieren? Von den Hunden war mittlerweile nichts mehr zu hören. Hoffentlich stießen sie nicht auf den Raschke. Wenn in der Nachbarschaft Jagd war, lag er stets an den Fernwechseln auf der Lauer. Er reagierte geradezu allergisch, wenn hetzende Hunde in sein Revier eindrangen und für Unruhe in seinen rein auf Wildbewirtschaftung ausgerichteten Beständen sorgten.

Der Förster fingerte gerade nach seinem Handy, um sich mit dem Jagdleiter vom Forstamt zu beratschlagen, als der Schuss fiel.

Entsetzt registrierte er, dass der Schuss direkt vor ihm gefallen war, im Revier von Emil Raschke. Nun gab es kein Halten mehr. Er ließ sein Telefon zurück in die Jackentasche gleiten, schob seinen Stutzen unter eine kleine Fichte und rannte los.

Mit einem mächtigen Satz überquerte er die Reviergrenze, wählte die nächste Schneise und folgte der Richtung, aus welcher der Schuss gekommen war. Im Stile eines Sprinters raste er durch das feuchte Gras, fünfzig, hundert, schließlich gut einhundertfünfzig Meter.

Dort, wo die Schneise auf einen breiten Waldweg mündete, blieb er stehen. Heftig nach Luft ringend steckte er seine Hundepfeife in den Mund und pfiff, was das Zeug hielt. Dann lauschte er.

»Sind Sie wahnsinnig!«, vernahm er eine überschnappende Stimme in unmittelbarer Nähe.

Jens Voigtländer drehte sich um 180 Grad und bemerkte erst jetzt die gut getarnte Kanzel am Wegesrand. Mit einem Knall wurde in diesem Moment die Hochsitztür aufgestoßen und ein beleibter Waidgeselle polterte heraus. Ein vor Wut rot angelaufenes und verzerrtes Gesicht stierte den Förster an.

»Was fällt Ihnen ein?«, schrie der Mann außer sich. »Wie können Sie es wagen, in mein Revier einzudringen?«

Ohne eine Erklärung abzuwarten begann er, umständlich die rutschige Leiter hinabzuklettern.

Aha, das ist also der berühmt-berüchtigte Emil Raschke, dachte der junge Förster bei sich. Er fühlte sich alles andere als wohl in seiner Haut. Man gut, dass der Kerl seine Büchse oben auf dem Sitz gelassen hat. So herrschte wenigstens Waffengleichheit.

»Entschuldigen Sie bitte die Störung«, empfing er den Tobenden mit moderatem Tonfall. »Ich gehöre zur Jagdgesellschaft im benachbarten Staatsforst und ...«

»Das interessiert mich alles einen Dreck«, schnaubte Raschke, der inzwischen bis auf Nasenlänge an sein Gegenüber herangetreten war.

»Ihr Fuzzis vom Fiskus glaubt, dass euch der Wald alleine gehört ...«

»Ich bin Kammerförster ...«

»Mir doch egal. Ich will keinen von euch Holzspechten hier sehen. Von Jagd habt ihr eh' keine Ahnung. Was soll das denn hier sein. Eine Nachsuche, etwa? Haben wir nicht vereinbart. Also zurück - marsch, marsch!«

»Es gibt in diesem Land ein freies Betretungsrecht für Wald ... Außerdem suche ich nur meinen Hund.«

»Hund?« Raschke drehte nun noch mehr auf. »Wollen Sie damit sagen, dass Ihnen Ihr nichtsnutziger Köter davongelaufen ist und nun mein Revier auf den Kopf stellt?«

Nun wurde auch Jens Voigtländer rot im Gesicht. Zornig gab er zurück: »Das kann bei jeder Drückjagd passieren. Das wissen Sie genau. Oder jagen Sie etwa ohne Hund?«

»Mein Hund hat noch nie unkontrolliert gehetzt. Schon gar nicht in fremden Revieren. Wenn ich einen Kläffer beim Wildern erwische, kriegt er die Kugel.«

»Auf was haben Sie denn eben geschossen?« Unser Förster war mit einem Mal ganz blass geworden.

»Das geht Sie gar nichts an. Und nun machen Sie, dass Sie fortkommen.«

Emil Raschke machte auf dem Absatz kehrt und stelzte zur Kanzel zurück. Jens Voigtländer stand wie versteinert da und schnappte nach Luft, so perplex war er. Sollte der Kerl etwa seinen Zorro ... ? Gerade wollte er Raschke nachsetzen, als das Handy in seiner Tasche klingelte.

Forstamtsleiter Bremke rief an; er wollte wissen, wie es um ihn und Zorro stand. Der unglückliche Hundeführer schilderte kurz den Tatbestand. Ohne lange zu überlegen, beorderte der Jagdleiter seinen Jagdgast zurück. Er sollte sich auf gar keinen Fall länger mit dem unbeliebten Jagdnachbarn auseinandersetzen; alles Weitere würde man später besprechen.

Nur widerwillig entfernte sich Jens Voigtländer. Emil Raschke war mittlerweile wieder auf seine Kanzel geklettert und hatte die Kanzeltür hinter sich ins Schloss geworfen. Demonstrativ steckte er den Lauf seiner Büchse aus einer der Luken.

»Na warte, Bürschchen!«, fluchte der Förster leise. »Gnade dir Gott, wenn du Zorro auch nur ein Haar gekrümmt hast.«

Wie ein begossener Pudel traf Jens Voigtländer kurze Zeit später beim Streckenplatz ein. Forstamtleiter Bremke nahm ihn sogleich fürsorglich zur Seite und ließ sich ausführlich berichten.

»Der Schuss muss nicht den Hunden gegolten haben«, beruhigte ihn der Jagdleiter. »Selbst ein Emil Raschke wird es nicht wagen, auf einen Jagdhund zu schießen. Sein loses Mundwerk sollte man nicht überbewerten. – Zu dumm nur, dass Ihr Zorro mitsamt Leine und Halsung davon ist. Das macht die Angelegenheit doch um einiges schwieriger.«

»Beim überhasteten Abnehmen des Stutzens muss mir die Umhängeleine mit über den Kopf gerutscht sein«, entschuldigte sich Jens Voigtländer. »Anders kann ich mir das alles nicht erklären.«

»Na, vielleicht haben wir Dusel, und die drei Hunde kehren noch vor Ende der Mittagspause zurück. Jetzt stärken Sie sich erst einmal mit einer Brühe und wärmen sich am Feuer.«

»So ein starker Keiler macht weite Wege«, musste sich Jens Voigtländer von einem erfahrenen Jagdkameraden sagen lassen, während er lustlos in seiner Brühe herumstocherte. »Zumal, wenn zwei hartnäckige Kurzhaar hinter ihm her sind. Ihr Terrier wird sich ihnen angeschlossen haben – die sind längst über alle Berge.«

»Wenn er sich nicht mit der Leine inzwischen verheddert hat«, kommentierte ein anderer Jäger. »Eigentlich müsste der kleine Racker schon längst irgendwo festhängen. In irgendeiner Dickung, an einem Ast, oder so.«

»Hoffentlich nicht bei Emil Raschke im Revier«, gab ein Dritter zum Besten. »Dann bekommen Sie Ihren Hund vor Weihnachten nicht mehr zu Gesicht.«

Jens Voigtländer hatte genug von so klugen Ratschlägen und Kommentaren. Er ging, um den Besitzer der beiden Kurzhaar aufzusuchen. Dieser, ein Ausbilder des Jungjägerlehrgangs, half gerade einer Gruppe angehender Jäger beim Aufbrechen.

»Meine Hunde müssten jeden Augenblick zurück sein«, sagte er. »Das kenne ich schon. Wahrscheinlich haben sie Ihren Terrier im Schlepptau.«

Der erste Teil seiner Behauptung wurde bereits fünf Minuten später wahr: Die beiden Kurzhaar kamen völlig abgekämpft, aber unversehrt am Streckenplatz an. Der zweite Teil der Behauptung erfüllte sich nicht: Zorro blieb verschwunden.

Schließlich wurde es Zeit für das Nachmittagstreiben. Jens Voigtländer meldete sich beim Jagdleiter ab, um nach seinem Hund zu suchen. Er wollte keine Zeit verlieren. Zorro konnte sich irgendwo mit seiner Leine aufgehängt haben und Laut geben.

»Aber machen Sie erst einmal einen großen Bogen um das Revier von Emil Raschke«, bat Forstamtsleiter Bremke. »Es gibt ja noch genügend andere Möglichkeiten, wo Ihr Hund stecken könnte. Falls er bei uns wieder auftaucht, rufe ich Sie sofort über Handy an. Also dann: Horrido und Waidmannsheil!«

In den nächsten zwei Stunden fuhr Jens Voigtländer mit seinem Auto die verschiedenen Waldwege ab, stieg an jedem Abzweig oder jeder Kreuzung aus, um zu lauschen oder mit der Hundepfeife zu pfeifen. Ab und an lief er auch ein Stück in den Wald hinein, schaute hinter Hügel, in Mulden und Gräben oder kroch bäuchlings in Dickungen.

Zwischendurch rief er zu Hause an. Vielleicht war Zorro ja dort aufgetaucht. Seine Försterei lag nur rund fünf Kilometer Luftlinie von dem Ort entfernt, wo das Malheur passiert war. Und es war durchaus möglich - wenn auch nicht Zorros Art -, dass der Ausreißer den direkten Weg nach Hause gewählt hatte. Vielleicht war ihm die Leine mit der Zeit derart lästig geworden, dass er das Jagen aufgegeben und den Heimweg angetreten hatte.

Aber auch hier gab es keine erfreulichen Neuigkeiten zu vermelden. Marie Voigtländer und die beiden Kinder Luisa und Max hatten Zorro nicht gesehen. Besorgt fragten sie, ob sie sich an der Suchaktion beteiligen sollten. Doch der Förster wiegelte ab. Es würde bald dunkel werden, so dass er vorläufig die Suche abbrechen müsste.

Gegen 16.30 Uhr fuhr er zum Streckenplatz zurück. Er kam gerade zum Strecke-Verblasen. Am Nachmittag waren weitere vier Sauen und zwei Ricken geschossen worden. All das interessierte Jens Voigtländer an diesem Abend wenig. Ihm ging es einzig und allein um den Verbleib seines Terriers.

Doch niemand hatte ihn gesehen oder gehört. So begab er sich schweren Herzens zu der Stelle, wo Zorro verschwunden war, ließ die Hundedecke am Wegesrand zurück und fuhr heim.

Die folgende Stunde saß Jens Voigtländer am Telefon. Er rief alle möglichen Jäger an, das Tierheim, die Polizei, den Tierarzt - und letztendlich auch Emil Raschke.

»Was wollen Sie denn schon wieder?«, blaffte der unsympathische Zeitgenosse in das Telefon. »Wie oft soll ich Ihnen noch sagen, dass ich Ihren vermaledeiten Vierbeiner nicht gesehen habe. Und hüten Sie sich, bei mir im Revier herumzuschnüffeln!« Ohne ein weiteres Wort zu verlieren, legte er auf.

Jens Voigtländer kochte vor Wut. So einem Menschen war er noch nie begegnet. Als Kammerförster hatte er es mit so manchem schwierigen Waldbesitzer zu tun, doch gegen diesen Flegel benahmen sich seine Heidebauern geradezu lammfromm.

»Irgend etwas ist da faul«, sagte er zu sich selbst. »Der Kerl verheimlicht mir etwas. Ich werde schon dahinterkommen.«

Gegen 20.00 Uhr fuhr Jens Voigtländer noch einmal in den Staatsforst hinaus. Es war jetzt stockfinstere Nacht und Regen setzte ein.

Zum Glück haben wir noch kein richtiges Winterwetter, dachte er bei sich, als er mit seinem Wagen durch die Pfützen kurvte. Bei zehn Grad unter Null würde Zorro es hier draußen nicht all zu lange aushalten.

Die Hundedecke lag verlassen im Scheinwerferlicht. Klitschnass und unberührt. Der frustrierte Förster bemühte noch einmal seine Hundepfeife, dann gab er auf – jedenfalls für heute. Der Regen wurde stärker.

Mittwoch, 15. Dezember. – Jens Voigtländer war schon früh auf den Beinen. Sein erster Gang galt dem Hundezwinger auf dem Hof, den er für alle Fälle in der Nacht offen gelassen hatte. Doch Zorro war nicht zurückgekommen. Deprimiert kehrte er ins Haus zurück.

Er war gerade dabei, in seinem Büro einen Schlachtplan für den Tag zu schmieden, als das Telefon klingelte. Voller Hoffnung, von dem Auffinden seines Terriers zu hören, nahm er den Hörer auf. Doch Forstamtsleiter Bremke konnte ihm nichts Neues melden. Immerhin erklärte er sich bereit, den Vormittag mit durch den Wald zu streifen, um den Ausreißer zu suchen. Jens Voigtländer nahm das Angebot dankbar an.

Gegen 8.30 Uhr trafen sie sich auf dem Waldweg bei der Hundedecke, die weiterhin unberührt im nassen

Gras lag. Der Forstamtsleiter, ein forscher Kollege der alten Schule, der kurz vor der Pensionierung stand, hatte die betreffende Revierkarte mitgebracht – und seine einäugige Dachsbracke Dunja. Rasch wurde ein Plan ausgeheckt, dann marschierten sie los.

Gegen Mittag kehrten sie erfolglos zu den Autos zurück. Sie hatten auch nicht die geringste Spur von Zorro entdecken können.

»Irgendwie muss ich doch noch in das Revier vom Raschke«, sagte Jens Voigtländer, als sie sich verabschiedeten. »Ich werde den Verdacht nicht los, dass der Kerl mehr weiß, als er zugibt. Wenn er nicht selbst mächtig Dreck am Stecken hat.«

»Nur die Ruhe«, besänftigte ihn der Forstamtsleiter. »Verderben Sie sich nicht Ihr Weihnachtsfest. Ihr Hund ist noch nicht mal 24 Stunden verschwunden. So etwas kommt in den besten Jägerfamilien vor, ohne dass etwas Schlimmes passiert ist. Gedulden Sie sich noch ein wenig, und Sie werden bald sehen, wie sich alles ganz von allein ergibt.«

Doch Jens Voigtländer wollte sich nicht aufs Warten beschränken. Nachdem er in der Mittagszeit noch mit allen möglichen Leuten telefoniert hatte, machte er sich am frühen Nachmittag wieder auf den Weg in den Wald.

Dieses Mal durchkämmte er etliche Bauernwälder, die direkt an den Staatsforst und die Raschke-Eigenjagd angrenzten. Diese Bestände waren ihm durch seine Arbeit wohlvertraut. Er lief kreuz und quer durch Althölzer und Kulturen, überkletterte diverse Wildgatter, die mit Sauklappen ausgerüstet waren, kroch durch Dornengestrüpp und Schilfgürtel. Immer und immer wieder rief er Zorros Namen oder benutzte die Hundepfeife.

Das Ergebnis war gleich null.

Erschöpft und entmutigt brach er die Suche in der Dämmerung ab.

Donnerstag, 16. Dezember. – In der Nacht hatte es wider Erwarten leicht gefroren. Eine dünne Schicht von Raureif hatte sich auf das rote Ziegeldach der Försterei gelegt.

Armer Zorro, dachte Jens Voigtländer bei sich, als er auf dem Weg zu seinen Waldarbeitern war. Wo er nur die Nacht verbracht hatte? Irgendwo da draußen im Freien? Der Förster ließ seinen Blick über einen weitläufigen Wiesengrund schweifen, wo Väterchen Frost ebenfalls seine Spuren hinterlassen hatte. Dann bog er mit seinem Wagen in den Wald ein.

Vielleicht hat ihn auch jemand mitgenommen, sinnierte er weiter. Irgendein Tunichtgut aus der Stadt. Wenn Zorro nach der Jagd fix und alle ist, wird er plötzlich lammfromm und steigt in jedermanns Auto. Und nicht alle Menschen sind nett und bringen zurück, was sie gefunden haben.

Inzwischen war Jens Voigtländer bei seinen Waldarbeitern angekommen. Er musste sich dringend um den Holzeinschlag kümmern, die Suche nach Zorro hatte zu warten. Bis zum Mittag maß er Stammholz auf; dann fuhr er heim und setzte sich wieder ans Telefon. Er rief weitere Leute an, die er bisher noch nicht nach Zorro befragt hatte. Dann erkundigte er sich bei den Tierheimen in den Nachbarkreisen, bei weiteren Tierärzten und noch einmal bei der Polizei. Doch niemand hatte eine Neuigkeit für ihn.

Am Nachmittag durchsuchte der Förster weitere Waldstücke und Hecken – erfolglos. Erst als es dunkel war, kehrte er heim und hockte sich vor den Computer. Mit einem Foto von dem Terrier – der Schnappschuss war beim erfolgreichen Fuchssprengen entstanden – bastelte er einen Steckbrief:

SUCHE ENTLAUFENEN JAGDHUND!

Er ließ das Flugblatt zwei Dutzend Mal ausdrucken.

Den Rest des Abends verbrachte er mit dringenden Büroarbeiten.

Freitag, 17. Dezember. – Es war wieder wärmer geworden. In der Nacht hatte es sogar erneut geregnet. Jens Voigtländer atmete auf. Diese Wetterlage erhöhte Zorros Überlebenschance – wenn er denn noch irgendwo da draußen weilen sollte.

Er begann damit, die Steckbriefe aufzuhängen. An den Waldparkplätzen, dem Trimm-Dich-Pfad, den Wanderwegen, an markanten Straßenbäumen. Aber auch im Dorf, beim Lebensmittelladen, beim Bäcker und beim Schlachter, der selbst Jäger und engagierter Hundeführer war und einiges Verständnis aufbrachte.

Anschließend fuhr der Förster wieder in den Staatsforst, um die Hundedecke zu kontrollieren – ohne Erfolg. Darauf kramte Jens Voigtländer seine Revierkarte hervor und breitete sie auf der Kühlerhaube aus.

Es half alles nichts – er musste den Suchradius vergrößern. Es gab noch etliche Wälder, Hecken und Sümpfe zu durchkämmen, in denen sein Zorro stecken konnte. Das würde Tage dauern. Und natürlich gab es noch den Wald von Emil Raschke ...

»Den kann ich bei meiner Suche nicht einfach ausklammern«, murmelte er, nachdem er sich wieder in sein Auto begeben und den Motor angelassen hatte. »Ich glaube, ich pfeife einfach auf die guten Ratschläge und begebe mich jetzt schnurstracks dorthin ... «

Sein Selbstgespräch wurde plötzlich von einer Hupe unterbrochen. Hinter ihm auf dem Waldweg war ein lindgrüner VW-Golf aufgetaucht, das Auto von Forstamtsleiter Bremke.

»Na, immer noch nicht fündig geworden?«, begrüßte ihn dieser freundlich.

Der Angesprochene schüttelte den Kopf: »Nein, leider nicht. Aber noch bin ich guter Hoffnung.«

»Das können Sie auch. Es soll ja schon vorgekommen sein, dass Jagdhunde in ähnlicher Situation noch nach zwei Wochen nahezu unversehrt wiedergefunden wurden. Solange es so warm ist und ab und an regnet, stehen die Chancen gut.«

»Aber wenn er nun verletzt ist oder sich irgendwo stranguliert hat? Zum Beispiel im dichten Unterholz vom Raschke-Forst ...«

»Da hätte ich einen kleinen Tipp für Sie.«

Forstamtsleiter Bremke war einen Schritt näher getreten und raunte nun: »Ich habe aus verlässlicher Quelle erfahren, dass der Raschke nächsten Montag und Dienstag auf einer Fachmesse in München weilen wird. Das wäre doch ein guter Zeitraum, um ein wenig in seinem Revier herumzuschnüffeln. Und mit dem Jagdaufseher kommen Sie schon klar.«

»Aber – heute ist doch erst Freitag. Noch weitere drei Tage zu warten, fällt mir sicher nicht leicht.«

»Es nützt aber nichts. Raschke soll dieses Wochenende hochrangige Jagdgäste in seinem Revier zu Gast haben. Wenn Ihnen Ihr Leben lieb ist, suchen Sie in den nächsten zwei Tagen lieber woanders.«

Samstag, 18. Dezember. – Bevor sich Jens Voigtländer wieder auf die Suche machte, verteilte er noch ein paar Steckbriefe in den Nachbardörfern. Am Mittag hatte er eine Verabredung mit dem Redakteur des heimischen Käseblättchens, den er bat, eine Suchanzeige mit Foto in der Montags-Ausgabe zu bringen. Den Nachmittag verbrachte er wiederum im Wald, auf der Suche nach seinem Hund.

Sonntag, 19. Dezember. – Der Vierte Advent war ein schöner klarer Tag mit Wind und Sonne. Es war außergewöhnlich warm, so dass es schwer fiel, weihnachtlich gestimmt zu sein. Auf dem Dorfplatz neben der Kirche war Weihnachtsmarkt. Marie Voigtländer und die beiden

Kinder Luisa und Max benötigten all ihre Überredungskünste, um den Familienvater dazu zu bringen, mal einen Tag mit der Zorro-Suche auszusetzen.

Montag, 20. Dezember. - Jens Voigtländer war schon sehr früh wach, so aufgeregt war er. Heute wollte er im Raschke-Forst auf die Suche gehen. Als es gegen 8.00 Uhr zu dämmern begann, brach er auf. Er fuhr ungeniert direkt zur Grenze, stellte dort den Wagen an der Schranke ab - Raschke hatte sämtliche Einfahrten zu seinem Revier mit Sperren versehen. Dann marschierte er los.

Sein erstes Ziel war das Wegekreuz mit der Kanzel, wo er vor mittlerweile sechs Tagen die unliebsame Begegnung mit dem Eigenjagdbesitzer hatte. Der junge Förster verspürte ein ungutes Gefühl in der Magengegend, als er die Leiter bestieg. Oben angekommen nahm er sein Glas und schaute in die Runde.

Weit und breit war niemand zu sehen. Er kontrollierte die Wege und Schneisen. Ohne große Mühe entdeckte er schon bald, wonach er gesucht hatte, den Fernwechsel, der aus dem Staatsforst herüber führte. Rasch baumte er wieder ab und begab sich dorthin.

Hier konnte der Keiler entlang gewechselt sein, dachte Jens Voigtländer bei sich. Und hinter ihm drein die Hunde. Wem wohl der Schuss gegolten hatte? Langsam und in gebückter Haltung ging er den Wechsel entlang. Ihm sollte keine noch so kleine Spur entgehen. Einmal, zweimal, dreimal lief er die gut 50 Meter lange Strecke ab, die von der Kanzel eingesehen werden konnte. Doch er fand keinen Tropfen Schweiß, kein Schnitthaar und kein anderes Schusszeichen.

Als er zur Wegekreuzung zurückkehren wollte, trat er direkt in den Anschuss. Dem Förster stockte der Atem. Noch immer zeichnete sich deutlich dunkler Schweiß im Grase ab, daneben lag dunkles, fast schwarzes Schnitthaar. Jens Voigtländer kniete am Boden und prüfte mit zittriger Hand ein Büschel Haare.

Ihm fiel ein Stein vom Herzen. Dieses Schnitthaar stammte eindeutig von einem Schwarzkittel, nicht von seinem Terrier. Erleichtert erhob er sich.

Hatte der Raschke etwa den Keiler gestreckt? Nein, denn dann wären die Hunde ja nicht so weit gelaufen. Dies muss ein anderes Stück gewesen sein. Emil Raschke hatte erst einmal Punkte gut gemacht.

Den Rest des Tages verbrachte Jens Voigtländer im Raschke-Forst. Ohne auf eine Menschenseele zu treffen, durchkämmte er Abteilung für Abteilung. Doch Zorro blieb spurlos verschwunden. Entmutigt kehrte er am späten Nachmittag heim.

Dienstag, 21. Dezember – Jens Voigtländer begab sich wiederum in den Raschke-Forst. Den Vormittag durchlief er das letzte Drittel der Eigenjagd. Doch ohne Erfolg. Am Nachmittag fuhr er in die Stadt, um auf den letzten Drücker noch rasch ein Weihnachtsgeschenk für seine Frau zu besorgen.

Mittwoch, 22. Dezember. – Um 6.30 Uhr in der Früh klingelte das Diensttelefon der Bezirksförsterei. Jens Voigtländer stürmte die Treppe hinab und riss beim dritten Klingeln den Hörer vom Apparat. Es war die örtliche Polizeiwache.

»Ich glaube, wir haben Ihren Hund gefunden – aber leider tot. Er wurde wohl überfahren. Sie können ihn bei uns abholen.«

»Einen ... einen schwarzen Terrier?«, stammelte der Förster entsetzt.

»Ja. Allerdings ohne Halsband und Leine. Die muss er vorher verloren haben.«

»Bin schon unterwegs.«

Die wenigen hundert Meter bis zum Polizeirevier verbrachte Jens Voigtländer wie in Trance. Er benötigte mit dem Auto zwar nur wenige Minuten, doch durchlief er in dieser Zeit die vier Jahre, die er mit Zorro verbracht hatte, seinem treuen Jagdgefährten. Die erste Begegnung mit dem Welpen bei einem Kollegen in Schleswig-Holstein, die Heimfahrt mit dem jungen Tier während eines fürchterlichen Sommergewitters drei Monate später, die Gebrauchshundeprüfung, wo der Terrier dem Prüfer ans Hosenbein gepinkelt hatte, die Begegnung mit der Bürgermeisterin während der Einweihung eines Waldlehrpfades, bei welcher der übermütige Zorro der affektierten Frau kurzerhand den Wickelrock ausgezogen hatte, der denkwürdige Entenstrich beim Grafen von Hoppenstedt und so weiter ...

Als Jens Voigtländer kurze Zeit später in den Plastiksack schaute, den ihm zwei Polizeibeamte freundlicherweise aufhielten, sah er sofort, dass es sich nicht um Zorro handelte. In dem Sack steckten die Überreste einer pechschwarzen Promenadenmischung. Erleichtert fuhr der Förster wieder heim.

Donnerstag, 23.Dezember. – Es war am Nachmittag. Jens Voigtländer war gerade mit Luisa und Max aus dem Wald heimgekehrt, wo sie einen Weihnachtsbaum geschlagen hatten, als Haumeister Fritz Langehennig auf den Hof der Försterei gebraust kam. In der Hand hielt er ein orangefarbenes Signalband.

»Das ist doch von Zorro, oder?«, rief er schon von weitem. »Habe ich im Pastorenbusch gefunden.«

Fünf Minuten später saß die ganze Familie im Auto. Ausgerüstet mit Taschenlampen ging es in den Pastorenbusch, der rund drei Kilometer vom Dorf entfernt lag. Sie ließen sich von Fritz Langehennig die Stelle zeigen, wo das Band an einem Dornengestrüpp gehangen hatte.

Darauf begann eine zweistündige, verzweifelte Suche in einem stark verwilderten Mischwald, die mit der völligen Erschöpfung aller und den Tränen der Kinder endete – erfolglos.

»Wie sollen wir denn morgen Weihnachten feiern?«, jammerten die beiden, als man sich auf der Heimfahrt befand. »Ohne unseren Zorro!«

Jens Voigtländer wusste keine tröstende Antwort. Nachdem die Kinder endlich eingeschlafen waren, half er seiner Frau lustlos beim Schmücken des Weihnachtszimmers – denn in Gedanken suchte er immer noch nach seinem Hund.

Es war kurz vor Mitternacht, als er noch einmal in sein Büro trat. Er schaute auf die Landkarte an der Wand. Dann nahm er ein paar Nadeln von der Pinwand und platzierte sie in der Karte. Die Erste steckte er an die Stelle im Staatsforst, wo Zorro verschwunden war. Die Zweite setzte er in den Raschke-Forst, die Dritte im Pastorenbusch. Die Letzte schließlich kam direkt auf die Försterei.

Mit müden Augen blinzelte Jens Voigtländer auf die Karte vor sich. Plötzlich war er hellwach. Mit dem Finger fuhr er an der Linie ›Raschke-Forst – Pastorenbusch – Försterei‹ entlang.

»Das ist ja fast eine Gerade«, murmelte er. »Eindeutig – Zorro war auf dem Weg nach Hause. Morgen werde ich alle Flurstücke zwischen Pastorenbusch und Försterei abklappern. Und wenn Weihnachten dafür ausfällt.«

Freitag, 24. Dezember: Heilig Abend. – In aller Herrgottsfrühe brach Jens Voigtländer auf. Er begann seine Suche in der Nähe des Pastorenbusches, in einem weitläufigen Bruchwald mit Schilfzonen und Sumpf. Hierfür benötigte er mehr als zwei Stunden. Danach kämpfte er sich durch eine bürstendichte Fichtendickung, die mitten im Feld lag. Es war eine Tortur!

Gegen Mittag fuhr er kurz heim, um zu essen. Keine halbe Stunde später saß er wieder im Auto. Im Sonnenschein des kalten, aber klaren Wintertages durchkämmte er zwei Kiefern-Althölzer und eine mit Erlen aufgelaufene Wiese. Mehr und mehr näherte sich der bedauernswerte Förster dem Dorf.

Kurz vor 15.00 Uhr, als das Tageslicht bereits zu schwinden begann, trat Jens Voigtländer aus einem Eichenwald und wischte sich den Schweiß von der Stirn. Er hatte nur noch die ehemalige Kieskuhle vor sich. Hinter den Abraumhalden konnte er schon die ersten Dächer des Dorfes erkennen. Und die Kirchturmspitze. In einer Stunde würde der Weihnachtsgottesdienst beginnen. Doch dem Förster war überhaupt nicht festlich zumute.

Jens Voigtländer stöhnte auf. »Endspurt«, sagte er und lenkte seine Schritte in das stillgelegte Grubengelände, ein unübersichtliches Areal mit dichten Brombeeren, Weidebüschen, Birken und Aspen. Zum Teil musste er auf allen Vieren kriechen, um voranzukommen. Bald war er von oben bis unten mit Lehm beschmutzt, seine linke Hand blutete nach dem Griff in eine Glasscherbe. Weiter ging es, unbeirrt, wenn auch fast hoffnungslos.

Schließlich begannen im Dorf die Glocken zu läuten. Jens Voigtländer konnte kaum noch etwas sehen, so dunkel war es bereits.

Er war am Ende seiner Kräfte – dreckverschmiert, entmutigt, verfroren. Sollte er sich damit abfinden müssen, seinen Jagdhund nicht mehr wieder zu finden?

»Ich geb's auf«, seufzte er laut, mit Blick gen Himmel.

Just in diesem Moment bekam er eine Antwort. Genau aus der Senke vor ihm. Eine schwache Antwort, eher ein Wimmern oder Winseln.

Wie von Sinnen stürzte Jens Voigtländer den Hang hinab, stieß Röhricht und Zweige beiseite, stolperte, strauchelte und lag wenig später neben seinem Terrier im Matsch.

Er heulte wie ein Schlosshund, schalt sich einen sentimentalen Knaben – und Zorro leckte ihn dabei.

Erst Minuten später war er in der Lage, seinen Hund genauer zu untersuchen. Zorro wirkte zwar fürchterlich schlapp und abgekämpft, schien aber ansonsten halbwegs in Ordnung. Er trug noch immer seine Halsung und die Leine. Letztere hatte sich in den Zweigen eines abgestorbenen Weidenbuschs verheddert und ihn so gefangen. Zehn endlose Tage und Nächte lang. Zum Glück gab es hier unten in der Senke etwas Wasser, so dass Zorro nicht zu verdursten brauchte. Vielleicht hatte er ja auch die eine oder andere Maus vertilgt.

Schließlich nahm Jens Voigtländer seinen Hund auf den Arm und trug ihn ins Dorf. Schmutzig, abgerissen und blutig, aber überglücklich stapfte er dahin. Er ging geradewegs an der Kirche vorbei, die hell erleuchtet war und aus der weihnachtliche Orgelmusik nach draußen drang.

»Da werden Luisa, Max und Marie Augen machen«, sagte er zu Zorro.

»Du bist ihr schönstes Weihnachtsgeschenk aller Zeiten.«

Alle Jahre wieder

Alle Jahre wieder wunderte er sich aufs Neue.

Und zwar wunderte sich Rudolf Wiedenroth immer wieder dann, wenn jedes Jahr pünktlich zur Vorweihnachtszeit dieses besagte Schild bei der Schlachterei Meier im Schaufenster hing. Dieses weiße, nostalgisch anmutende Emailleschild, auf welchem mit verschnörkelten, grünen Lettern ›*Für die Festtage – Frisches Wildbret aus heimischen Revieren*‹ feilgeboten wurde. Nach rechtzeitiger Vorbestellung konnte man Rücken, Keule und andere Leckereien bekommen – vom Reh-, Schwarz- und Rotwild. Als Weihnachtsschmaus erfreuten sich derlei Braten speziell bei den Neubürgern der hiesigen Kleinstadt zunehmender Beliebtheit.

Rudolf Wiedenroth hatte allen Grund, sich zu wundern. Denn Schlachtermeister Meier war weder Pächter eines Jagdbezirks noch Jagderlaubnisscheininhaber, geschweige denn überhaupt jemals im Besitz eines Jagdscheines gewesen. Außerdem hatten Wiedenroths diskrete Nachforschungen bei den ansässigen Jägern, den Nachbarrevieren und beim angrenzenden Staatsforst ergeben, dass niemand weit und breit an die Schlachterei Meier Wildbret ›aus heimischen Revieren‹ lieferte.

Alle Jahre wieder wunderte sich der alteingesessene Jagdpächter zudem, dass in der Vorweihnachtszeit in seinem Revier merkwürdige Dinge passierten. Stets pünktlich zu Beginn der Adventszeit begannen die Unregelmäßigkeiten. Auffällig viele Schüsse wurden dann in seinem Revier oder der unmittelbaren Nachbarschaft registriert, die angeblich niemandem zuzuordnen waren,

Schüsse zu ungewöhnlichen Zeiten und an ungewöhnlichen Orten. Obendrein war eine gewisse Unruhe in dem sonst recht ruhigen Revier zu verspüren. Das vertraute Rehwild zeigte plötzlich eine enorme Fluchtdistanz, die Sauen mieden die Kirrungen und das Rotwild zog sich gänzlich in seine Einstände im Moor zurück.

Der friedliebende Heizdeckenfabrikant Rudolf Wiedenroth war von Natur aus eigentlich alles andere als ein misstrauischer Mensch. Doch er fragte sich leise, ob eventuell ein Zusammenhang zwischen dem dubiosen Wildbretangebot der Fleischerei Meier und den gleichzeitig auftretenden, verdächtigen Schüssen in seinem Revier bestand?

Am Montag nach dem 1. Advent zeigte sich die Landschaft winterlich weiß. In der Nacht hatte es den ersten Schnee gegeben. Es war hübsch anzuschauen, wie der eiskalte Ostwind kleine Schneefahnen von den Dächern blies und diese dann im Geäst der darunter liegenden Straßenbäume verteilte. Die Fahrbahnen und Bürgersteige im Zentrum der Kleinstadt waren bereits in aller Herrgottsfrühe feinsäuberlich gefegt worden.

Rudolf Wiedenroth und seine Frau Hedwig kamen an diesem Montagvormittag gerade von einem Arztbesuch und waren auf dem Weg zu ihrem Auto. Ihr Weg führte sie am Geschäft der Fleischerei Meier vorbei. Während Frau Wiedenroth im Vorbeigehen neugierig die weihnachtliche Dekoration im Schaufenster inspizierte, hatte ihr Gatte nur einen Blick für das weiße Schild, welches mit einer roten Schleife an einem Tannenzweig befestigt war: ›*Für die Festtage – Frisches Wildbret aus heimischen Revieren*‹

Sie waren nur wenige Schritte weiter, als Rudolf Wiedenroth abrupt stehen blieb.

»Brauchen wir nicht noch etwas Wurst?«, fragte er.

»Bitte?« Hedwig Wiedenroth guckte konsterniert. »Wie kommst du denn darauf?«

»Na, da war doch eben ein Schlachter.«

»Du weißt doch genau, dass ich immer bei Grimsehl einkaufe.«

»Heute kannst du doch ausnahmsweise einmal bei Meier kaufen. Wo wir doch gerade einmal hier sind.«

Hedwig Wiedenroth schaute ihrem Mann tief in die Augen. »Rudolf! Du führst doch etwas im Schilde?«, fragte sie mit erhobenem Zeigefinger.

»Genau«, grinste er schelmisch. »Du gehst jetzt bitte in den Laden, kaufst ein wenig Aufschnitt und fragst so nebenbei, woher sie denn das viele Wildbret hätten.«

»Warum machst du das nicht selber?«, protestierte sie.

»Ich habe dir doch von meinen Verdächtigungen erzählt. Da möchte ich bei den Nachforschungen lieber im Hintergrund bleiben. Bitte, tu mir den Gefallen.«

Schließlich willigte Hedwig Wiedenroth ein und ging allein zurück zum Schlachterladen.

Als sie zehn Minuten später zurückkehrte, war ihr Gesichtsausdruck alles andere als erbaut.

»Ich habe schon gewusst, warum ich die Fleischerei Grimsehl bevorzuge«, schimpfte sie los. »So eine unfreundliche Person.«

»Was ist denn passiert?«

»Die Chefin, Frau Meier, hat mich bedient – höchstpersönlich. Und als ich so ganz unbefangen, wie ich meine, nach der Herkunft des Wildbrets fragte, hat sie gleich losgegiftet: ›Von hier natürlich! Was denken Sie denn? Oder glauben Sie etwa, wir hätten es aus Polen?‹ «

»Hmh.« Rudolf Wiedenroth kratzte sich an der Schläfe. »Verdächtig. Sehr verdächtig. Ich werde der Sache wohl nachgehen müssen.«

Noch am selben Abend suchte er Peter Dreger auf. Einen Justizvollzugsbeamten Mitte Dreißig, der am Rande der Stadt in der Nähe des Gefängnisses wohnte. Dreger hatte

Für die Festtage
frisches Wildbret
aus
heimischen Revieren

in Rudolf Wiedenroths Revier seit einigen Jahren einen unentgeltlichen Jagderlaubnisschein. Dafür erledigte er sämtliche Revierarbeiten, vom Hochsitzbau über die Wildackerbestellung bis hin zum Führen von Jagdgästen.

Während des Jagdpächters jagdliche Passion mit zunehmenden Alter immer mehr nachließ, agierte Peter Dreger von Jahr zu Jahr ambitionierter. Als Gefängniswärter hatte er einen nervenaufreibenden Job zu verrichten und suchte in der Jagd einen Ausgleich. Das Junggesellendasein und der Schichtdienst erlaubten ihm zudem, sich an freien Tagen und Nächten ausschließlich dem Revier zu widmen.

Als Gegenleistung für seine Dienste durfte Dreger von Jahr zu Jahr mehr Abschüsse tätigen. Rudolf Wiedenroth überließ es seinem jüngeren Kompagnon nur allzu gern, sich - zum Beispiel bei tristem Novemberdauerregen - um den Rickenabschuss zu kümmern oder sich die frostig kalten Nächte auf der Schweinchenjagd um die Ohren zu schlagen. Das Wildbret ging selbstverständlich an den Jagdpächter. Der ließ sich aber nicht lumpen, dem fleißigen Schützen ab und an eine Keule oder dergleichen zukommen zu lassen.

Rudolf Wiedenroth war mit der Entwicklung sehr zufrieden. Peter Dreger war so passioniert und letztendlich auch erfolgreich, dass eine Sauenrekordstrecke die andere jagte, oder dass der Bockabschuss häufig schon vor der Blattzeit und der Rotwildabschuss zuweilen bereits Ende Oktober abgeschlossen war. So gab es im Revier Wiedenroth neuerdings weder Probleme mit der Erfüllung der jährlich zu erledigenden Abschüsse noch nennenswerte Wildschäden.

»Und Sie glauben wirklich, dass der Meier wildert?« Dreger schüttelte ungläubig den Kopf.

»Möglich wär es doch, oder?«, erwiderte Rudolf Wiedenroth. »Leider habe ich im Moment in der Firma viel um die Ohren und bin geschäftlich dauernd unterwegs. Das Weihnachtsgeschäft, Sie verstehen. Daher möchte ich Sie bitten, in der nächsten Zeit Ohren und Augen besonders offen zu halten. Wenn ich mich recht erinnere, haben Sie diese Woche frei?«

»Ja, stimmt. Die ganze Woche. Ich kümmere mich selbstverständlich um die Angelegenheit. Die Abschüsse für dieses Jagdjahr sind ja schon alle erfüllt, wie Sie wissen. Und die Schweine treiben sich im Moment leider bei den Nachbarn herum. Da kann ich mich mit aller Hingabe der geheimen Kommandosache widmen.«

Zwei Tage später erhielt Rudolf Wiedenroth im Betrieb einen Anruf von Revierförster Wilhelm Warning.

»Jawohl. Drei Schüsse hintereinander«, wiederholte der Förster, der das angrenzende Staatsrevier betreute. »Exakt um 12.00 Uhr mittags. Ich war gerade beim Weihnachtsbaumschlagen, als die Kugelschüsse fielen. Im Fünf-Sekunden-Takt. Unmittelbar an der Grenze zu Ihrem Revier.«

»Tja, dazu kann ich leider nichts sagen. Muss ich erst mit Dreger sprechen.«

»Ich wurde eigentlich nur misstrauisch, weil sich in letzter Zeit die mysteriösen Schüsse wieder häuften.«

»Ist halt Adventszeit.«

»Wie bitte?«

Rudolf Wiedenroth machte eine kurze Pause. »Ich habe da einen Verdacht«, fuhr er schließlich fort. »Möchte mich dazu zu diesem Zeitpunkt aber noch nicht weiter äußern. Werde Sie informieren, sobald ich mehr weiß.«

»Das klingt ja spannend.« Der Förster musste niesen. »Ich bin dann noch den Grenzweg abgefahren. Leider ist der Schnee inzwischen verschwunden, so dass ich nicht viel erkennen konnte. Mir ist jedenfalls nichts Verdächtiges aufgefallen.«

»Haben Sie Dank für den Anruf. Ich werde mich gleich mit meinem Mitjäger in Verbindung setzen.«

Doch das Telefonat mit Peter Dreger brachte keine Neuigkeiten. Er wäre in der besagten Mittagszeit zu Hause gewesen und auch sonst hätte er bei seinen ausgedehnten Revierbesuchen in den letzen beiden Tagen keine bemerkenswerten Beobachtungen gemacht.

Der 2. Advent war ein ausgesprochen schöner Wintertag. Ein Hoch über Skandinavien sorgte für blauen Himmel, Sonne und Frost. Bei leichtem Ostwind hielten sich die eisigen Temperaturen auch tagsüber.

»Eigentlich ein viel zu schöner Tag, um in die Kirche zu gehen«, befand Rudolf Wiedenroth, während er sein Auto auf den Parkplatz der St. Martini-Kirche lenkte.

»Wenn es nur nach dir ginge, würdest du lediglich einmal im Jahr die Kirche aufsuchen«, protestierte Hedwig Wiedenroth, die neben ihm saß. »Und zwar am Heiligen Abend.«

»Und zur Hubertusmesse. - Guck mal einer an, da sind ja die Kropps. Seit wann gehen die zur Kirche?«

Gustav Kropp, Hotelbetreiber und Pächter der Nachbarjagd Wiedenroths, hatte seinen Mercedes unter den Linden geparkt. Seine Frau und er öffneten gerade die Autotüren, als die Wiedenroths mit ihrem Fahrzeug neben ihnen zum Stehen kamen.

»Gut, dass ich dich hier treffe, Rudolf«, sagte Gustav Kropp, nachdem die beiden Ehepaare den Autos entstiegen waren und sich begrüßt hatten. »Das erspart mir einen Anruf.«

»Was gibt's denn?«, fragte der Angesprochene. »Hoffentlich nicht ›Wilddieberei und Förstermorde‹.«

»Vielleicht doch«, erwiderte der Hotelier, während er die Frauen ein paar Schritte vorgehen ließ. Mit leiser Stimme sagte er: »Warst du heute Nacht draußen?«

»Nein! Gott bewahre.« Rudolf Wiedenroth schüttelte energisch den Kopf. »Du kennst mich doch. Nachtansitze bei Frost überlasse ich Jüngeren.«

»Und war der Dreger draußen?«

»Keine Ahnung. Was ist denn passiert?«

»Ich habe heute Nacht auf Schweine angesessen. War 'n prima Mond. Ich saß nicht weit von der Grenze zu dir, an der ehemaligen Beeke-Brücke. War so gegen eins, als drüben bei euch ein Schuss fiel. Ganz in der Nähe! Sekunden später tauchten bei mir zwei Hirsche auf. Junge Burschen, Sechser oder allenfalls Achter.«

»Und?«

Gustav Kropp war stehen geblieben, beugte sich vor und flüsterte: »Der eine schonte seinen linken Vorderlauf. Und zwar ziemlich stark.«

»Du meinst doch nicht etwa ... ?«, entrüstete sich Rudolf Wiedenroth nach einer Schrecksekunde. »Du meinst, dass bei mir, in meinem Revier jemand den Hirsch beschossen ... ?«

»Noch meine ich gar nichts «, unterbrach ihn der Hotelier. »Ich wollte nur mal hören, ob du etwas davon weißt. Leider konnte ich bei dem Licht den Hirsch und seine Verletzung nicht genauer erkennen, geschweige denn schießen. Die beiden Stücke sind dann schon bald im Dunkel des Waldes untergetaucht.«

»Du weißt ja, dass wir unseren Hirschabschuss in diesem Jahr längst erfüllt haben«, sagte Rudolf Wiedenroth, der seine Fassung wiedererlangt zu haben schien. »Also kommt von uns wohl niemand in Frage. Außerdem sollten wir erst mal klären, ob es sich bei dem Hirsch um eine frische oder um eine alte Verletzung handelt. Warst du denn heute Morgen schon mit dem Hund draußen, um die Fährte zu kontrollieren?«

»Nein! – Noch nicht«, druckste Gustav Kropp herum. »Aber gleich nach dem Gottesdienst wollen wir los. –

Aber schau, die Frauen winken. Lass uns nachher weiterreden, wir müssen in die Kirche.«

Die Wiedenroths saßen gerade beim Mittagessen, als das Telefon klingelte. Der Hausherr rümpfte die Nase, legte aber seinen Suppenlöffel beiseite und begab sich zum Telefontischchen.

Gustav Kropp war am anderen Ende der Leitung.

»Die Kontrollsuche hat also nichts ergeben«, resümierte Rudolf Wiedenroth, nachdem er eine Weile schweigend zugehört hatte. »Na, Gott sei Dank. Dann war es wohl doch eine alte Verletzung. Aber – was bleibt, ist der Schuss. Ich habe inzwischen mit Dreger gesprochen. Er ist es auch nicht gewesen. Bist du denn sicher, dass der Schuss bei mir fiel?«

Rudolf Wiedenroth lauschte in den Telefonhörer. Dann schüttelte er den Kopf.

»Da geht was nicht mit rechten Dingen zu«, sagte er schließlich. »Gustav, wenn das nicht aufhört, werde ich die Polizei einschalten.«

Leider war Rudolf Wiedenroth in der darauf folgenden Woche derart mit dem Weihnachtsgeschäft beschäftigt, dass er sich nicht näher um die Jagd und das Wildererproblem kümmern konnte.

Denn Heizdecken ließen sich bei dem ungewöhnlich kalten Wetter in diesem Jahr besonders gut verkaufen. Die Wiedenrothsche Firma musste etliche Sonderschichten einlegen.

Allerdings veranlasste er zweierlei: Zum einen ließ er durch seine Sekretärin bei überörtlichen Wildhändlern sowie beim Großhandel diskret nachforschen, ob jemand Wild an die Schlachterei Meier lieferte. Wie Rudolf Wiedenroth befürchtet hatte, verliefen diese Nachforschungen erfolglos.

Des Weiteren hatte der Jagdpächter seinem Mitjäger noch einmal ans Herz gelegt, sich so oft wie möglich im Revier aufzuhalten. Und zwar sollte Peter Dreger zu unregelmäßigen Zeiten seine Kontrollen durchführen, damit seine Anwesenheit nur schwer vorauszuberechnen war, und selbst in dunklen Nächten nach verdächtigen Bewegungen im Revier Ausschau halten.

Es war Freitagnachmittag, der Freitag vor dem 3. Advent. Rudolf Wiedenroth würde diesen Tag sein Leben lang nicht mehr vergessen.

Die Dämmerung hatte sich an diesem Nachmittag besonders früh über das kleine Städtchen gelegt, denn dichte und graue Schneewolken waren plötzlich von Nordwesten aufgezogen. Mit tausend Lämpchen und elektrischen Kerzen versuchten die Geschäftsstraßen, der winterlichen Dunkelheit zu trotzen.

Rudolf Wiedenroth war mit dem Auto auf dem Heimweg von der Firma. Seine Route führte ihn direkt durch die Innenstadt, wo ihn der dichte Feierabend- und Weihnachtseinkaufsverkehr nur langsam vorankommen ließ. Immer wieder stauten sich die zahlreichen Fahrzeuge in den engen Straßen des Städtchens.

Kurz vor der Fleischerei Meier ging es wieder mal nicht weiter. Mit grimmigem Blick musterte Rudolf Wiedenroth den gut besuchten Laden. Durch das Schaufenster konnte er erkennen, wie die Leute ihren Weihnachtsbraten kauften. Darunter leckere Wildspezialitäten, die eventuell ihren illegalen Ursprung unter anderem in seinem Revier hatten.

Plötzlich fiel sein Blick in die Toreinfahrt, die direkt neben dem Geschäft lag. Dort machte sich gerade Schlachtermeister Meier höchstpersönlich an seinem Firmenwagen zu schaffen. Rudolf Wiedenroth traute seinen Augen nicht: Hielt der Fleischer nicht eine grüne Wildwanne in der Hand? Und lud er diese nicht gerade in den Lieferwagen?

Wie dreist, dachte er bei sich. Na warte, Bürschchen.

Gehupe hinter ihm ließ ihn zusammenzucken. Vor Schreck würgte Rudolf Wiedenroth den Motor seines Wagens ab. Nachdem er endlich wieder gestartet hatte und weiter gefahren war, fasste er einen Entschluss.

Geistesgegenwärtig steuerte er die nächste Parknische an. Und tatsächlich. Er stand kaum, da kam schon das Auto von Schlachter Meier vorbeigebraust.

Rudolf Wiedenroth ließ vorsichtshalber noch ein weiteres Fahrzeug passieren und nahm erst dann die Verfolgung des Lieferwagens auf. In diesem Moment setzte leichter Schneefall ein.

Die Fahrt ging hinaus aus der Stadt in Richtung Norden. Dorthin, wo auch Wiedenroths Revier lag. Der Schlachter schien es eilig zu haben, denn er fuhr trotz widriger Straßenverhältnisse und einsetzender Dunkelheit mit einem halsbrecherischen Tempo. Der heimliche Verfolger hatte alle Mühe, den weißen Lieferwagen nicht aus den Augen zu verlieren.

Als sie die Stadtgrenze passierten, war der Abstand zwischen den beiden Fahrzeugen bereits derart angewachsen, dass Rudolf Wiedenroth Zweifel kamen, ob er die Verfolgung durchhalten könnte. Als sich zu allem Überfluss ein mit Weihnachtsbäumen beladener Lastwagen zwischen ihn und den Lieferwagen drängte, geschah das Unvermeidliche: Er verlor den Schlachter Meier aus den Augen.

Doch Rudolf Wiedenroth dachte nicht daran, umzukehren. Sein Jagdinstinkt war geweckt, er spürte, dass heute Abend noch etwas Entscheidendes passieren würde. So gab er, nachdem der Laster bei einem großen Baumarkt endlich die Hauptstraße verlassen hatte, wieder ordentlich Gas.

Er folgte der Ausfallstraße bis zu dem Feldweg, an dem sein Jagdrevier begann. Hier stoppte er und schaute sich um. Dem Schneefall war es zu verdanken, dass man leicht erkennen konnte, ob hier in den letzten Minuten ein Fahrzeug abgebogen war oder nicht. Es waren keine frischen Spuren zu erkennen, so dass Rudolf Wiedenroth seine Fahrt fortsetzte.

Der nächste in Frage kommende Weg ins Revier war ein schmaler Waldweg. Auch hier zeigte eine unberührte Schneedecke, dass Schlachter Meier weitergefahren seien musste. Es folgten zwei weitere Waldwege, auf denen ebenfalls keine frischen Reifenspuren zu entdecken waren. Rudolf Wiedenroth haderte mit seinem Schicksal, fuhr aber weiter.

So gelangte er schließlich an die nördliche Reviergrenze, dort, wo das Kropp'sche Revier begann. Er fuhr seinen Wagen an den Straßenrand, um zu überlegen. Wo war der Meier bloß geblieben?

Einen Weg probiere ich noch, sagte er zu sich, während er sein Auto zurück auf die Fahrbahn lenkte. Den Weg zum ›Alten Kieswerk‹. Wenn er da nicht abgebogen ist, geb' ich auf und fahre heim.

Das Kieswerk – oder das, was davon übrig war – lag auf einer Kuppe, ziemlich genau auf der Reviergrenze. Seit Jahren schon wurde dort kein Kies mehr abgebaut, doch die maroden Förderanlagen und ein Großteil der Gebäude verunzierten das weitläufige Gelände. Der Weg zu dem Kieswerk, eine breite Schotterpiste in der Feldmark, gehörte zum Kropp'schen Revier.

Als Rudolf Wiedenroth die Abzweigung erreichte, machte sein Herz einen Freudensprung. Hier waren deutlich Fahrspuren zu erkennen, Autospuren, die bei derartigem Schneefall höchstens fünf Minuten alt sein konnten. Und auch die Richtung stimmte: Sie kamen aus der Stadt und führten in Richtung ›Altes Kieswerk‹.

Rudolf Wiedenroth bog auf die Schotterpiste ein und schaltete instinktiv die Scheinwerfer aus, so, wie er es meistens tat, wenn er bei Dämmerlicht durch sein Revier fuhr. Rasch gewöhnten sich seine Augen an die neuen Verhältnisse. Ohne Probleme konnte er der Spur vor sich im Schnee folgen.

Bald erreichte er die hohen Erdwälle, welche das Kieswerksgelände umgaben. In nur wenigen Augenblicken würde er die Reviergrenze überfahren und wieder in heimischen Gefilden unterwegs sein. Er hatte also doch richtig vermutet: Schlachter Meier schlich sich auf Umwegen in das Wiedenroth'sche Revier. Von einer Stelle, die jagdlich unattraktiv war und somit sowohl von seinem Nachbarn Kropp als auch von Rudolf Wiedenroth in der Regel gemieden wurde.

Doch Moment mal. Wo waren plötzlich die Spuren geblieben?

Rudolf Wiedenroth trat auf die Bremse. Für wenige Sekunden schaltete er das Abblendlicht ein. Vor ihm erstreckte sich der Weg als ein unberührtes Schneeband. Hier war mit Sicherheit in der letzten Viertelstunde kein Fahrzeug gefahren.

Er setzte sein Auto zurück. Aber nur wenige Meter, denn linker Hand zwischen den Erdwällen war die Einfahrt zum Kieswerksgelände aufgetaucht. Und hier waren auch wieder die Fahrspuren zu sehen. Sie führten hinüber zu den verwaisten Gebäuden.

»Was – beim Barte des Weihnachtsmannes – will er hier?«, flüsterte Rudolf Wiedenroth, während er unschlüssig am Lenkrad drehte. Ihm war mit einem Mal unwohl in seiner Haut. Sollte er nicht lieber über Funktelefon Unterstützung herbeiholen? Einen Moment überlegte er, ob er nicht Peter Dreger anrufen sollte. Doch bis der hier vor Ort war, hatte sich Schlachter Meier sicher längst aus dem Staub gemacht.

Kurz entschlossen bog er in die Einfahrt ein. Im gleichen Augenblick sah er das Licht vor sich, ein kleines Lämpchen, dessen Schein trotz Schneeflocken und Schummerlicht zu ihm drang.

Es war die Innenbeleuchtung des weißen Lieferwagens von Schlachter Meier.

Rudolf Wiedenroth lenkte sein unbeleuchtetes Auto rasch hinter ein abgewracktes Förderband, welches sein Fahrzeug verdeckte. Ohne die Bremse zu betätigen, ließ er den Wagen ausrollen. Nachdem er die Innenbeleuchtung ausgeschaltete hatte, nahm er Handy, Taschenlampe und Hut und öffnete die Fahrertür.

Schlachter Meier fluchte. Gerade hatte er sich mit dem S-Haken, an dem der Kitzbock hing, eine Fingerkuppe der linken Hand aufgerissen. Er ließ das Stück Wild zu Boden und kramte ein Taschentuch hervor. Der kleine Finger blutete stark. Er bückte sich zu der Halogenlampe, die auf dem Erdboden stand, um die Wunde genauer zu begutachten. Dann legte er mit wenigen Handgriffen einen provisorischen Druckverband an, nahm das Reh wieder auf und trug es hinaus zum Lieferwagen. In der Wildwanne befanden sich bereits eine Ricke und ein Überläufer.

Er wollte gerade in den Lagerraum zurückkehren, als ihn der Strahl einer Taschenlampe ins Gesicht traf.

»Habe ich Sie endlich erwischt, Herr Meier!«, donnerte eine erboste Stimme durch die Dunkelheit.

Schlachter Meier war sichtlich erschrocken. Mit beiden Händen versuchte er, das gleißende, blendende Licht abzuwehren. Dabei öffnete sich der blutige Verband an seiner linken Hand.

»Was soll der Quatsch?«, rief er aufgebracht. »Machen Sie die blöde Lampe aus. Aber sofort. Und wer sind Sie überhaupt?«

»Immer langsam mit den jungen Pferden. Ich bin Rudolf Wiedenroth, der hiesige Jagdpächter. Kommen Sie bloß nicht auf dumme Gedanken. Mein Handy ist eingeschaltet, die örtliche Polizei hört jedes Wort mit. Los, wir gehen jetzt da rein; ich will wissen, wie viel gewildertes Wildbret dort noch hängt.«

»Sie täuschen sich gewaltig«, sagte Schlachter Meier, während er vorausging. »Erstens hängt da kein Wild mehr, und zweitens kann von Wilderei überhaupt keine Rede sein.«

»Das können Sie dem Weihnachtsmann – oder besser Ihrem Anwalt – erzählen«, erwiderte Rudolf Wiedenroth, während er den Lagerraum betrat, in der linken Hand in Kopfhöhe das eingeschaltete Handy. Mit der rechten hielt er die Taschenlampe, deren heller Schein über die Seile und Haken glitt, die von der Decke hingen.

»Das ist also Ihr heimliches Wilddepot«, sagte er. »Auch wenn es mittlerweile leer geräumt scheint. Und wo haben Sie Ihr Gewehr?«

»Ich habe doch gar keins«, antwortete der Schlachter. »Und schießen kann ich auch nicht besonders. Ich bin Metzgermeister, mein Handwerkszeug ist das Messer. Und nun lassen Sie mich endlich erklären ... !«

In diesem Augenblick fuhr draußen ein Auto vor.

»Sollte das schon die Polizei sein?« Rudolf Wiedenroth trat an die Tür und schaute hinaus. »Nein. Schau an, es ist mein Mitjäger Peter Dreger. Das passt ja gut. So habe ich einen weiteren Zeugen.«

Karl Meier war wortlos zur Tür getreten. Ein kräftiges Schneegestöber blies ihnen ins Gesicht.

»Nach Ihnen«, sagte Rudolf Wiedenroth, während er dem Schlachter den Vortritt ließ. »Da wird mein Kompagnon aber Augen machen.«

Peter Dreger öffnete gerade den Kofferraum seines Pkw, als Schlachter Meier zu ihm trat.

»Schau Karl, hier habe ich noch ein Kalb für dich«, sagte Peter Dreger gut gelaunt und ohne den Kopf zu heben. »Ein leckerer Weihnachtsbraten mit sauberem Küchenschuss. Gerade so, wie du es bestellt hast.«

In diesem Moment trat Rudolf Wiedenroth aus dem Schatten des Schlachters, das eingeschaltete Handy noch immer in Kopfhöhe haltend. Augen und Mund waren vor Überraschung und Entsetzen weit aufgerissen.

»Herr Dreger ...«, stammelte er. »Ich glaub's nicht ... !«

Der Weißwedelhirsch

Weihnachten in Upstate New York

Die Lichtzeichen zum Anschnallen blinkten über den Köpfen der Fluggäste auf. Wenig später senkte sich die Nase des Flugzeugs, die Maschine verlor spürbar an Höhe. Flug AA 4139 setzte an zum Landeanflug auf Syracuse, der Stadt am Fuße der Adirondack Mountains, mitten im US-Staat New York. Die Boing 737 der American Airlines legte sich in eine sanfte Linkskurve. Hubertus Schröter griff zum Gurt und schnallte sich an, wie die anderen Passagiere ebenfalls. Das Flugzeug war bis auf den letzten Platz besetzt. Viele Amerikaner wollten das bevorstehende Weihnachtsfest – wie auch bei uns in Deutschland üblich – zu einem Familientreffen nutzen.

Hubertus Schröter hatte einen Fensterplatz ergattert, unmittelbar vor der Tragfläche auf der rechten Seite. Solange die Maschine die Kurve flog, konnte er aus seinem Fenster lediglich den leeren weiten Himmel sehen. Erst als sich das Flugzeug endlich wieder in die Waagerechte legte, sah er in der Ferne den Oneida Lake in der Abendsonne schimmern. Wie er von seinem Nachbarn, einem älterem Herrn mit Cowboyhut und Vollbart, hörte, war der riesige Binnensee bereits seit Ende November zugefroren.

Frost! – Winterwetter! – Und vielleicht auch noch Schnee! – Weihnachten wie im Bilderbuch ...

Wie sehr hatte sich Hubertus Schröter danach gesehnt. Als Entwicklungshelfer für den Deutschen Entwicklungsdienst DED war der junge Förster zwei Jahre in der Karibik tätig gewesen. In der sonnenreichen, ewig warmen Dominikanischen Republik hatte er sich mit der Bewirtschaftung von Kiefernwäldern beschäftigt ... Kiefernwälder! Kaum zu glauben, aber wahr: In den Bergen der Tropeninsel wachsen Kiefern, *Pinus occidentalis* genannt, die der in Deutschland verbreiteten gemeinen Kiefer, der *Pinus silvestris*, sehr ähneln.

In den zwei Jahren hatte Hubertus Schröter die Insel nicht ein einziges Mal verlassen und die Zeit dort in vollen Zügen genossen. Die Dominikaner hatten sich rundherum als liebenswürdiges, lebenslustiges Volk erwiesen. Damals war der Massentourismus noch nicht so verbreitet gewesen wie heute. Zum Glück für Hubertus hatten sich die Inselbewohner noch nicht mit den vielen fremden, oft wenig vorteilhaften Einflüssen, die der Tourismus mit sich bringt, auseinandersetzen müssen.

Hubertus Schröter dachte an das vorangegangene Weihnachtsfest. Er hatte mit Entwicklungshelfer-Freunden gefeiert. Unter Palmen in Las Terrenas, an der Nordküste, hatten sie am Heiligen Abend Cuba Libre geschlürft, am Strand Merengue getanzt und den phantastischen Sonnenuntergang über dem Meer bewundert. Es war paradiesisch schön gewesen.

Doch im Laufe der Zeit – besonders im zweiten Jahr – war dem Förster, der ein eher gemäßigtes Klima gewohnt war, das tropische Wetter zu einseitig, zu eintönig geworden. Er sehnte sich mittlerweile wieder nach dem norddeutschen Schmuddelwetter, nach herbstlich kühlem Nebel und feinem Nieselregen, nach dem Wechsel der Jahreszeiten, nach Abwechselung. Vor allem aber vermisste er ein Weihnachtsfest bei Eis und Schnee.

So hatte sich Hubertus Schröter sehr gefreut über die Einladung, zum Weihnachtsfest in die Staaten zu reisen. Im Norden der USA war im Dezember in der Regel mit jenem Winterwetter zu rechnen, das sich die meisten Mitteleuropäer zu den Festtagen wünschen.

Der junge Förster gähnte. Das vorläufige Ende einer anstrengenden Tagesreise nahte. Zweimal hatte er umsteigen müssen, zunächst in Miami, dann in New York City. Einen Direktflug von Santo Domingo nach New York hatte er nicht mehr bekommen, es war alles wegen der bevorstehenden Festtage ausgebucht gewesen. So war er über Florida gereist.

Das Fahrwerk wurde ausgefahren. Ein Zittern ging durch das Flugzeug. Routiniert näherte sich die Maschine der Landebahn. Es waren nur noch wenige Minuten bis zum Aufsetzen.

Hoffentlich hat Allison an eine warme Jacke für mich gedacht, überlegte Hubertus. Der Pilot hatte vorhin die Temperaturen für Syracuse an diesem 23. Dezember angekündigt: 27 Grad Fahrenheit. Das entsprach leichtem Frost. Faserpelzjacke, Handschuhe und Wintermütze des Försters lagen wohl verpackt daheim im fernen Deutschland. Denn für das Leben in der Dominikanischen Republik benötigte man keine Wintersachen. Nur auf dem Pico Duarte, dem höchsten Berg der Insel, konnte es in über 3000 m Höhe durchaus zu Nachtfrösten kommen.

Allison hatte an die Jacke gedacht. Unter den Arm geklemmt hielt sie eine flauschige, rotschwarz karierte kanadische Holzfällerjacke, die ihrem Schwager Dave gehörte.

Das Wiedersehen in der Ankunftshalle des Syracuse Hancock International Airport war herzlich. Hubertus und Allison hatten sich in der Dominikanischen Republik kennen gelernt, in den Bergen, in San José de las Matas, dem Standort für das Kiefernwaldprojekt. Allison war für das amerikanische Peace Corps tätig gewesen, welches ebenfalls Entwicklungshilfe leistete. Erst vor wenigen Wochen war sie in die USA zurückgekehrt.

Vor dem Flughafengebäude atmete Hubertus Schröter zum ersten Mal seit langer Zeit wieder frostig kalte Luft.

»Herrlich!«, rief er, während er mit der Hand genüsslich über ein vereistes Autodach fuhr.

»Schnee kann ich dir hier leider nicht bieten«, sagte Allison. »Noch nicht. Den gibt es nur oben in den Bergen, in den Adirondacks. Aber vielleicht machen wir mal eine Tagestour dorthin.«

Auf dem Flughafenparkplatz gab es bei Allisons Auto die nächste herzliche Begrüßung. Nutmeg – oder nach ihrem Herkunftsland auf Spanisch auch Nuez genannt – kläffte wie wild vor Wiedersehensfreude. Die hübsche Mischlingshündin aus der Dominikanischen Republik sprang übermütig bis an Hubertus' Brust. Allison hatte sie einst als Welpen sprichwörtlich aus der Gosse geholt und aufgepäppelt. Erst nach vielerlei bürokratischem Tamtam hatte sie die Hündin schließlich in die USA mitnehmen können. Erstaunlich war, wie schnell sich das Tier aus der warmen Karibik an das Gringoland mit seinen Gefrierschranktemperaturen gewöhnt hatte.

»Nutmeg ist dabei, ein ausgezeichneter Jagdhund zu werden«, sagte Allison stolz. »Sie hat eine hervorragende Nase. Wenn ich mit ihr spazieren gehe, stöbert sie stets Kaninchen und Fasane auf.«

Die Fahrt mit Allisons betagtem Ford ging zunächst nicht nach Nordosten in die Berge und in den Schnee, sondern nach Südwesten in ein flacheres Hügelland, in die Gegend der so genannten Finger Lakes. Diese charakteristischen, lang gestreckten, sehr schmalen Seen wirkten auf der Landkarte wie die Finger einer Hand. Allerdings konnte Hubertus nicht allzu viel von der Landschaft erkennen, da in der Zwischenzeit die Dunkelheit hereingebrochen war.

Sie fuhren über diverse Landstraßen bis an den Skaneateles Lake. Wie Allison erzählte, war auch dieser See seit

Wochen zugefroren. Wenn sie wollten, könnten sie an einem der Weihnachtstage Schlittschuh laufen, schlug Allison vor. Hubertus war begeistert.

Bei Mandana ließen sie den See hinter sich und begaben sich gen Westen die sanften Hügel hinauf. Hier hatte Allison im Haus von ihrer Schwester Lynn und Schwager Dave für ein paar Monate Unterschlupf gefunden.

Die ehemalige Farm lag einsam in der Nähe einer Landstraße. Bis zur nächsten Farm waren es stolze fünf Meilen, bis zum nächsten Ort sieben Meilen. Das Anwesen machte einen sehr gepflegten Eindruck. Von einer landwirtschaftlichen Nutzung war allerdings nicht mehr viel zu erkennen, wie Hubertus am nächsten Tag bei Tageslicht begutachten konnte. Dennoch waren Wohngebäude, Scheunen und sogar ein Ziehbrunnen liebevoll restauriert.

Auch Lynn und Dave, beide Ärzte in einem Krankenhaus in Syracuse, begrüßten Hubertus mit typischer amerikanischer Offenheit und Gastfreundschaft. Sie hatten bereits den Abendbrottisch gedeckt und zwei Flaschen kalifornischen Rotwein entkorkt.

Nach dem Abendessen setzte man sich an den Kamin. Es wurde viel erzählt, gescherzt und gelacht. Dave offenbarte seine Schwäche für deutsche Autos, Lynn ihre Schwäche für deutsches Vollkornbrot – und Allison ihre Schwäche für deutsche Förster. Hubertus wehrte sich mit Händen und Füßen gegen soviel Lobhudelei. Gerade wollte er den Gegenstand des Gesprächs in eine andere Richtung lenken und sich nach den hier in der Gegend vorkommenden Wildarten erkundigen, als es plötzlich an der Haustür klingelte.

Der Mann vor der Tür war blutüberströmt.

Dave, der die Haustür geöffnet hatte, rief nach Lynn und dem Notfallkoffer. Auch Allison und Hubertus waren aufgesprungen, um zu helfen.

Dave führte den Verletzten in die Küche und setzte ihn vorsichtig auf einen Stuhl.

»Ist nicht weiter schlimm«, murmelte der Mann, während er sich das Blut von der Stirn wischte. Er war ziemlich korpulent, hatte eine Glatze und war ungefähr fünfzig Jahre alt. »Diese verfluchten Hirsche! Diese verdammten Scheiß-Hirsche!«

»Nun beruhigen Sie sich erst mal«, sagte Dave in bestimmtem Ton. »Ich bin Arzt und werde Sie untersuchen. Lynn, ruf du bitte inzwischen die Ambulanz an, sie sollen einen Krankenwagen schicken.«

Wie sich rasch herausstellte, war der Mann in der Tat nicht so ernsthaft verletzt, wie es zunächst den Anschein gehabt hatte. Das viele Blut stammte aus Schnittwunden im Gesicht, die zum Glück alle oberflächlich waren. Nachdem Dave die Wunden einigermaßen versorgt hatte, überließ er seiner Frau den Patienten.

»Was ist denn passiert?«, wollte Lynn wissen, während sie die Augen des Mannes mit einer kleinen Taschenlampe untersuchte. Der Mann schien unter Schock zu stehen.

»Das Rudel kam von links«, antwortete er schwer verständlich. Ein großes Pflaster zierte den rechten Mundwinkel und hinderte ihn beim Sprechen. »Und einer von diesen Teufeln ist mir direkt in die Karre gelaufen. In die Fahrertür. Es knallte fürchterlich und das Glas splitterte nur so ... «

»Sie hatten also einen Wildunfall?«

Der Mann nickte.

»Waren Sie allein im Wagen?«

Wieder nickte der Mann.

»Wo ist der Unfall passiert?«

Der Mann hob den Arm und deutete zur Haustür.

»Bei dem kleinen Wäldchen, eine halbe Meile westlich von hier. Drunten in der Mulde.«

»Und dort steht Ihr Wagen noch?«

In diesem Augenblick war in der Ferne eine Sirene zu hören. Das Geräusch kam rasch näher. »Mann, sind die fix«, sagte Dave und eilte zur Haustür.

Der Krankenwagen hatte einen Polizeiwagen im Schlepptau, einen dieser Straßenkreuzer, die Hubertus bislang nur aus dem Kino kannte. Beide Fahrzeuge rasten bis direkt vor die Haustür. Ihre Blinklichter tauchten die Farm in ein gespenstisches Licht.

Die beiden Sanitäter kümmerten sich um den Verletzten, während der Polizist mit Dave zur Unfallstelle fuhr. Zehn Minuten später waren sie zurück. Den Unfallwagen, einen schwarzen Plymouth, hatten sie mitgebracht. Die Fahrertür war mächtig eingedellt und die Seitenscheibe geborsten, trotzdem war das Auto noch fahrtüchtig.

Allison und Hubertus liefen hinaus auf den Hof. Dave erzählte, der Wagen hätte mit vorschriftsmäßig eingeschalteter Warnblinkanlage am Straßenrand gestanden.

»Und das Stück Wild?«, wollte Hubertus wissen.

»Keine Ahnung.« Dave zuckte mit den Schultern. »Der Polizist hat mit seiner Taschenlampe die Straßenböschung abgeleuchtet, aber nichts gefunden.«

»Was für Hirsche gibt es denn hier?«

»Weißwedel. Die sind hier recht verbreitet. Besonders in der Weihnachtszeit. Zu der Zeit, wenn ein gewisser Santa Claus mit seinem vollgepackten Schlitten durch die Lande saust.«

Dave setzte ein breites Grinsen auf, dass seine Zähne nur so blitzten. »Und dieser Schlitten soll von sechs – manche sagen acht – prächtigen Weißwedelhirschen gezogen werden. Und weil der Santa Claus unzählig vielen Ortschaften einen Besuch abstatten muss, kommt es im vorweihnachtlichen Straßenverkehr immer wieder zu Wildunfällen mit Weißwedelhirschen.«

»Ich denke, Santa Claus kommt erst morgen Nacht?«, konterte Hubertus. »In der Heiligen Nacht?«

»Damit er sein enormes Pensum auch wirklich in dieser einen Nacht schafft, fährt er die Strecken vorher schon mal ab. So, wie ein Rennfahrer die Rennstrecke abfährt ... «

Dave lachte nun aus vollem Hals.

»Aber genug herumgealbert. Lasst uns endlich wieder hineingehen. Hier draußen holt man sich ja Frostbeulen.«

Eine halbe Stunde später saßen die vier wieder am Kamin. Es war kurz vor Mitternacht.

Der Polizist hatte den Unfall in aller Eile aufgenommen und war dann wieder gefahren – zu einem weiteren Wildunfall in der Nähe von Auburn. Dave hatte mit seiner Santa-Claus-Geschichte also doch nicht ganz unrecht, dachte Hubertus bei sich und musste schmunzeln.

Obwohl der Unfallfahrer ganz und gar nicht damit einverstanden gewesen war, dass er zur Beobachtung mit ins Krankenhaus kommen sollte, war er schließlich in den Krankenwagen gestiegen. Dabei hatte er wenig weihnachtlich wie ein ordinärer Rohrspatz geschimpft.

»Den Plymouth will er morgen holen«, sagte Dave. »Hat der Kerl eigentlich zu irgendjemandem von euch ›Danke schön!‹ gesagt?«

Die anderen verneinten. Dave lachte grimmig auf.

»Er stand unter Schock«, versuchte Lynn zu erklären. »Jetzt sei nicht so ... «

»Na egal, Schwamm drüber.« Dave goss eine Runde Rotwein nach. »So haben wir unserem deutschen Gast wenigstens etwas Abenteuerliches geboten, nicht wahr?«

»Ja, sicher«, bedankte sich Hubertus brav. »Was mich aber noch interessiert, ist – wer kümmert sich jetzt eigentlich um den Hirsch?«

Dave guckte verblüfft. Dann klärte er Hubertus darüber auf, dass es das Jagd-Verpachtungssystem, wie es in Deutschland gehandhabt wird, in den USA nicht gab. Wer jagen wollte, musste lediglich eine Lizenz in dem jeweiligen Bundesstaat erwerben. Dann konnte man praktisch überall jagen, ausgenommen dort, wo der Grundeigentümer die Jagdausübung nicht wollte und dies mit großen Schildern kundtat. Auf den Schildern stand ›No Hunting‹ und sie waren an allen möglichen Wald-, Feld- oder Wiesenrändern zu finden.

»Und was wäre mit dem Hirsch geschehen, wenn er mausetot auf der Straße gelegen hätte?«, fragte Hubertus.

»Den hätte natürlich der Unfallfahrer bekommen«, sagte Dave. »Wer denn sonst? Er hat ihn ja auch schließlich zur Strecke gebracht.«

Der Wildunfall ließ Hubertus keine Ruhe. Noch vor dem Frühstück am nächsten Morgen nutzte er einen Spaziergang mit der Hundedame Nutmeg, um sich die Unfallstelle näher anzuschauen. Er fand sie auf Anhieb. Auf der Landstraße lagen noch jede Menge Glassplitter, eine Bremsspur war deutlich zu erkennen und Schnitthaar. Unmengen von Schnitthaar.

Hubertus bückte sich und hob ein Büschel der graubraunen Haare auf. Schweiß war nicht zu erkennen. Auch kein Blut von dem Plymouth-Fahrer.

Nutmeg hatte ihre Nase die ganze Zeit am Boden und die Rute fleißig in Bewegung. Bei derart viel Witterung war sie ganz aus dem Häuschen. Zum Glück war sie angeleint, sonst wäre sie längst die Böschung hinaufgespurtet.

Hubertus hatte fürs erste genug gesehen. Er kehrte zur Farm zurück.

Beim Frühstück unterbreitete er den anderen den Vorschlag, den Unfallhirsch nachzusuchen. Dave war sogleich Feuer und Flamme und wollte unbedingt mit. Für einen Chirurgen, der täglich acht Stunden und mehr im Operationssaal verbrachte, war dies eine willkommene Abwechslung. Das Weihnachtsbaumschmücken konnte warten.

Nutmeg signalisierte ebenfalls eifrige Bereitschaft. Sie wedelte aufgeregt mit der Rute, als Hubertus zur Leine griff.

Lynn und Allison hatten an diesem Morgen des 24. Dezember keine Zeit. Sie mussten noch einige Kleinigkeiten für das bevorstehende Weihnachtsfest einkaufen, frische Lebensmittel wie Fisch, Salat und Weißbrot.

Nachdem sich Hubertus in der Küche ein mehr oder weniger passendes Messer – andere Waffen waren in dem Arzthaushalt nicht vorhanden – und eine Art Kälberstrick besorgt hatte, zog er die kanadische Holzfällerjacke an. Es konnte losgehen.

»Hast du eigentlich mit Wildsuchen Erfahrung?«, wollte Dave wissen, als sie die Landstraße hinabliefen.

»Ein wenig«, antwortete Hubertus bescheiden. »Wenn man in Deutschland jagt, kommt das automatisch.«

Es war ein diesiger und frostiger Heiliger Morgen. Vor lauter Nebel konnte man keine fünfzig Schritt weit sehen. Ein Milchlastwagen, der für die winterlichen Straßenverhältnisse viel zu schnell fuhr, überholte sie hupend.

Als sie schließlich die Unfallstelle erreichten, zeigte Hubertus auf das Wäldchen am Straßenrand.

»Hier müssen sie herausgekommen sein«, sagte er. »Der Fahrer hatte von einem Rudel gesprochen.«

»Hirschrudel. Ja«, bestätigte Dave. »Im Winter rotten sich die Weißwedelhirsche gewöhnlich zusammen.«

»Der Zusammenprall mit dem Auto ist etwa hier passiert.« Hubertus zeigte auf eine dunkle Stelle auf dem Asphalt. »Am Ende der Bremsspur. Das Rudel wurde gesprengt und ist wahrscheinlich in alle Richtungen davon. Der hart gefrorene Boden lässt leider kein konventionelles Fährtenlesen zu. Abdrücke der Schalen sind nicht zu erkennen. Lediglich der Unfallhirsch hat seine Spuren hinterlassen.«

»Wie das?« Dave guckte ungläubig.

»Haare! Der Hirsch hat Haare gelassen. Nicht nur hier auf der Straße, wo der Aufprall passierte, sondern auch dort, wo er nach dem Zusammenstoß langgewechselt ist. Zum Beispiel dort drüben die Böschung hinauf.« Hubertus überquerte die Fahrbahn und erklomm die Böschung. Nutmeg zog ihn mit aller Macht voran.

Oben angekommen, bückte sich der Förster und untersuchte das von Raureif benetzte Gras. Schließlich fand er auch hier ein paar Haare, die dem Unfallhirsch zuzuordnen waren.

»Wir sind richtig«, rief er Dave zu, der noch drunten auf der Straße stand. »Komm zu uns herauf! Nun ist Nutmeg dran.«

Die Hündin führte sie auf ein Feld, einen abgeernteten Maisacker, auf dem die Stoppeln noch nicht untergepflügt waren. Der Schlag erstreckte sich über mehrere seichte Hügel und war mindestens zehn Hektar groß.

Nutmeg verwies schon bald erneut Schnitthaar. Hubertus bückte sich und untersuchte die Stelle. Dann ließ er die Hündin wieder an der langen Leine laufen.

»Hier entlang«, rief er zu Dave hinüber, der ihnen kaum folgen konnte.

Als sie schließlich zu einem Schilfgürtel kamen, der das Feld begrenzte, verlangsamte Nutmeg plötzlich ihr Tempo. Sie hob den Kopf, um sich Wind zu holen.

»Dort müssen wir hinein«, sagte Hubertus und wies auf einen Wechsel, der in das Schilf hineinführte. »Aber schön langsam.«

Sie hatten das Schilf kaum betreten, da sahen sie das Tier liegen, keine fünf Schritte vor ihnen. Der Hirsch war mitten auf dem Wechsel zusammengebrochen.

Nutmeg kläffte aufgeregt, traute sich aber zunächst nicht näher an das Stück heran.

»Donnerwetter!«, keuchte Dave, während er näher trat. »Du hattest also Recht. Herzlichen Glückwunsch!«

»Nicht mir gebührt das Lob«, wehrte Hubertus ab. »Das war Nutmegs Verdienst.«

»Na, na! Keine falsche Bescheidenheit. Das war schon große Klasse von dir. Unsere indianischen Fährtensucher hätten das auch nicht besser gemacht.«

»Scheint ein älterer Hirsch zu sein«, wechselte Hubertus das Thema. »Ein kapitaler Zehnender.«

»Ja. Kein schlechtes Exemplar für diese Gegend.«

Dave grinste. »Also vielleicht wirklich einer aus dem Santa-Claus-Gespann. Hoffentlich nicht der berühmte Rudolph. – Und was nun?«

Hubertus bückte sich zu dem Hirsch hinab und untersuchte das Wildbret. Das rechte Vorderblatt schien ziemlich ramponiert. Ansonsten war nicht viel von dem Zusammenprall mit einem Straßenkreuzer zu sehen. Die Bauchdecke war noch nicht sonderlich gespannt.

»Die Nacht war frostig. Das Stück ist noch durchaus verwertbar. Ich werde es aufbrechen.«

Daves Gesichtsausdruck war alles andere als begeistert.

»Wir können es doch so liegen lassen«, sagte er. »Soll sich der Kerl seinen Braten doch selber holen.«

»In der Zwischenzeit könnte das Wildbret verderben«, beharrte Hubertus. »Wer weiß, wie es unter der Decke ausschaut. Außerdem dauert die ganze Angelegenheit kaum länger als zehn Minuten.«

Die nächste Viertelstunde wurde für den gestandenen Chirurgen Dave zu einer neuen Erfahrung. Zunächst hatte er noch tapfer die Vorderläufe gehalten und interessiert zugeschaut. Doch schon bald hatte er anscheinend genug gesehen; mit angewidertem Gesichtsausdruck richtete er sein Augenmerk demonstrativ in das Schilfdickicht neben sich. Und als Hubertus schließlich den Pansen aus der Bauchhöhle hievte und damit gewisse Gerüche einhergingen, verließen Dave die letzten Kräfte. Er ließ die Vorderläufe fahren und verschwand, eindeutige Würgelaute ausstoßend, im Schilf. Nutmeg verstand die Welt nicht mehr und kläffte protestierend hinter ihm her.

Mit dem Kälberstrick zogen sie anschließend den Hirsch auf den Maisacker.

»Ich hole den Jeep hierher«, sagte Dave, der noch ganz bleich um die Nase war. »Auf dem gefrorenen Acker lässt es sich gut fahren.«

Wenige Minuten später war er mit dem Wagen zurück. Sie befestigten das Stück auf der heruntergeklappten Heckklappe und fuhren zur Farm zurück. Dort hängten sie den Hirsch mit dem Haupt nach oben an die Scheunenwand, hoch genug, damit die beiden Hofkatzen keinen Unfug anrichten konnten. Hubertus schnitzte rasch einen Ahornzweig, den er zum Lüften geschickt zwischen die Hinterläufe klemmte.

»Perfekt!«, sagte Dave, während er sich die Hände an einem Tuch abwischte. »Nur zu schade, dass der Weihnachtsbraten nicht bei uns bleibt.«

Gegen Mittag kehrten auch Allison und Lynn vom Einkaufen heim. Sie staunten nicht schlecht, als sie den Hirsch an der Scheunenwand baumeln sahen. Die Wolkendecke war gerade ein Stück aufgebrochen und ließ die Sonne zum Vorschein kommen.

»Schnell, den Fotoapparat!«, rief Dave Lynn zu. »Was für ein einmaliges Motiv.«

In der Tat gab der Weißwedelhirsch an der von der Mittagssonne beschienenen Holzwand ein eindrucksvolles Bild ab. Hirsch und Scheune harmonierten wie ein Gemälde aus alten Pioniertagen. Es handelte sich um eine dieser charakteristischen, hoch aufgeschossenen Scheunen mit fünfeckigem Giebel. Ihre Bretterverschalung war erst kürzlich mit rostroter Farbe angestrichen worden.

Nutmeg, Hubertus und Dave postierten sich rechts und links des Hirsches, während Lynn ein Foto nach dem andern schoss – bis eine düstere Wolkenwand wenig später die Sonne von neuem verdeckte.

Trotz der dunklen Wolken wollte es einfach nicht schneien. Der Nachmittag des 24. Dezember blieb trocken und trübe. Aber zumindest herrschte Dauerfrost.

Sie saßen gerade bei Weihnachtsgebäck und Kerzenschein im Wohnzimmer, als ein Auto auf den Farmhof einbog.

»Da kommt er ja doch noch«, sagte Dave und erhob sich. »Das wird der Unfallfahrer sein. Ich hatte schon befürchtet, dass der verbeulte Karren das ganze Weihnachtsfest über bei uns auf dem Hof herumsteht. Hubertus, bist du so nett und hilfst mir?«

Dem beigen Dodge entstiegen zwei Männer, die sich sehr ähnlich sahen. Beide waren korpulent, beide hatten eine Glatze. Auch vom Alter her waren sie höchstens ein paar Jahre auseinander. Offenbar waren es Brüder. Beide guckten auffallend mürrisch; der eine von ihnen trug zahlreiche Pflaster im Gesicht.

»Schön, dass Sie noch kommen«, begrüßte Dave die beiden. »Der Plymouth steht dort hinter der Scheune.«

Zu viert liefen sie über den Hof. Hubertus war gespannt, was nun passieren würde. Als das Pflastergesicht den Hirsch am Haken sah, rief er verwundert: »Oh, Sie waren jagen?«

»Eigentlich ...« Dave machte eine kurze Pause.

»Eigentlich ja«, sagte er schließlich. Dabei zwinkerte er Hubertus zu.

Die beiden Brüder traten näher an den Hirsch heran.

»Wo hat er denn den Schuss?«, fragte der eine.

»Ähem ... « Dave kam ins Stottern. »Geschossen ... tja, geschossen haben wir eigentlich nicht.«

»Was dann?« Das Pflastergesicht knurrte. »Habt ihr ihn etwa erwürgt?«

»Nein!« Dave musste lachen. »Der Hirsch war schon tot, als wir ihn fanden.«

»Ist 'n Ding!«

»Lag mausetot im Schilf. Unweit der Landstraße.«

»Was Sie nicht sagen!«

»Hatte innere Verletzungen, die von einem Zusammenprall stammen könnten.«

»Zusammenprall? Mit was denn?«

So langsam machte sich Dave ernsthaft Gedanken, ob der Schock des Unfallfahrers vielleicht doch noch nicht ganz abgeklungen war. Im Normalzustand konnte man doch nicht so dämlich sein.

»Vielleicht – auf der Straße – mit einem Auto ... «, antwortete er schließlich.

»Mit 'nem Auto?« Das Pflastergesicht kapierte immer noch nicht.

»Ja«, erwiderte Dave und verdrehte die Augen. »Wahrscheinlich mit einem Plymouth.«

»Plymouth?«

Dave nickte heftig.

»Dann ... dann ist das ja ... mein ... mein Hirsch von gestern Nacht?«

Das Pflastergesicht wurde plötzlich wütend. »Was soll dieses Spielchen? Warum nehmen Sie uns hier auf die Schippe? Nach dem Gesetz gehört der Hirsch mir. Runter mit dem Vieh! Wir nehmen ihn mit.«

Er zerrte ungestüm an dem Seil, an dem das Stück Wild fest gemacht war.

»Nun beruhigen Sie sich mal«, sagte Dave. »Sie sollen ja Ihren Hirsch bekommen. Aber bevor wir das Seil lösen, sollten Sie erst einmal Ihren Wagen holen.«

Wutschnaubend rannte das Pflastergesicht mitsamt Familienanhang zu seinem Plymouth.

»Leute gibt's!«, wandte sich Dave an Hubertus. »Hätte ich vorher gewusst, wie der sich hier aufführt, hätte ich den Hirsch glatt unterschlagen.«

Das Pflastergesicht fuhr seinen schwarzen Plymouth mit der Motorhaube direkt unter den Hirsch.

»Wir binden ihn am besten auf die Haube«, sagte er zu seinem Bruder. »Stricke habe ich im Kofferraum.«

Dave und Hubertus ignorierte er nun völlig. Die beiden machten einen Schritt zurück und schauten dem Treiben mit sichtlichem Unbehagen zu.

Vorder- und Hinterläufe des Hirsches wurden jeweils zusammen gebunden und dann an den Außenspiegeln festgezurrt. Das Haupt des Tieres wurde so postiert, dass das Geweih in die Höhe und die Lichter in Fahrtrichtung wiesen. Es war ganz eindeutig: Das Pflastergesicht wollte mit ›seiner‹ Beute prahlen. Wortlos klemmte er sich hinter das Lenkrad seines Plymouth.

Bevor der Dicke den Schlüssel im Zündschloss umdrehen konnte, trat Dave an das zerborstene Seitenfenster.

»Ich persönlich ... « sagte er mit ernster Miene. »Ich persönlich lege keinen großen Wert auf ein ›Danke schön!‹ Ihrerseits, Mister. Aber bei meinem Gast hier, einem hilfsbereiten Förster aus dem fernen Deutschland, sollten Sie sich bedanken. Ohne ihn hätten Sie diesen prachtvollen Weihnachtsbraten nämlich nicht auf der Haube.«

Das Pflastergesicht schaute Hilfe suchend zu seinem Bruder hinüber, der bisher nicht ein einziges Wort gesprochen hatte. Dann schien er sich plötzlich zu besinnen. Ein wenig zumindest.

Er blickte Hubertus an, verzog sein Gesicht zu einer Grimasse, die wohl freundlich sein sollte, und knurrte ein leises »Thanks!«

Darauf legte er den Rückwärtsgang ein und wendete.

»Fahren Sie schön vorsichtig«, rief ihm Dave nach. »Sonst springt Ihnen noch ein zweiter Hirsch vors Auto.«

Am folgenden Tag, dem 1. Weihnachtstag, kam gegen Mittag ein Streifenwagen auf den Hof gefahren. Am Steuer saß der Polizist, der zwei Tage zuvor den Wildunfall aufgenommen hatte.

»Merry Christmas«, sagte der Ordnungshüter mit einem breiten Grinsen, als Dave die Haustür öffnete. Mit beiden Händen hielt der Polizist einen prallgefüllten Plastiksack vor seinem Bauch. »Santa Claus hat bei mir was für Sie abgegeben. Ich hoffe, Sie freuen sich drüber ... «

»Bitte?« Dave guckte irritiert. »Aber ... egal, kommen Sie doch erst mal herein.«

»Na ja ... «, zog der Polizist die Buchstaben lang, nachdem er am Küchentisch Platz genommen hatte. Lynn, Allison, Hubertus, Dave und Nutmeg standen neugierig um ihn herum. Sein voluminöses Mitbringsel hatte sich der Streifenbeamte zwischen die Füße geklemmt.

Der Uniformierte konnte sich das Grinsen einfach nicht verkneifen, als er endlich fortfuhr.

»Folgende Geschichte: Gestern am späten Nachmittag habe ich mitten in Mandana einen ziemlich verbeulten Plymouth gestoppt. Der Fahrer transportierte auf der Kühlerhaube doch tatsächlich einen toten Hirsch! – Als ob wir hier im Wilden Westen wären.«

Der Polizist schaute Dave ins Gesicht.

»Und ob Sie's glauben oder nicht: Das war der Unfallfahrer von vorgestern Abend. Wegen der vielen Pflaster im Gesicht hatte ich ihn zunächst nicht wiedererkannt. Jedenfalls hab' ich ihm erst mal ein Bußgeld aufgebrummt, 20 Dollar, wegen unsachgemäßen Transports eines toten Tieres, Gefährdung des Straßenverkehrs und so weiter. Sein Bruder war mit einem zweiten Wagen hinter dem Plymouth hergefahren, und die beiden wollten mir weismachen, sie hätten kein Geld dabei – wie originell. Sie könnten es mir ja später auf die Wache bringen, hab' ich vorgeschlagen, und sicherheitshalber noch ihre Personalien aufgenommen.«

Mit genüsslicher Langsamkeit trank der Polizist einen Schluck von dem dargebotenen Tee. Dann erzählte er weiter.

»Heute Vormittag, so gegen zehn, kamen die beiden tatsächlich zu mir auf die Wache. Was dann passierte, erlebe ich als Sheriff auch nicht alle Tage. Der Unfallfahrer kam sofort und unverblümt zur Sache: Sie wollten das Bußgeld von gestern nicht in Dollar, sondern lieber in ›Naturalien‹ zahlen. Sie hatten auch gleich etwas Passendes mitgebracht: Diese Tüte hier!«

Darauf beugte er sich nach vorn und holte den Plastiksack hervor. Mit einem Knall landete das schwere Paket auf dem Küchentisch.

»So einen schrägen Deal können die mit mir aber nicht machen«, schnaufte der Gesetzeshüter aufgebracht. »Pah – die dachten wohl, sie hätten bei mir wegen Weihnachten leichtes Spiel. Nichts da! Ich hab' ihren Vorschlag jedenfalls als Bestechungsversuch eingestuft und den mitgebrachten Gegenstand sofort konfisziert. Und dann habe ich mir die beiden zur Brust genommen und das Bußgeld kurzerhand verdoppelt. Trotz Weihnachten! Nachdem die beiden zähneknirschend die 40 Dollar gezahlt hatten, sind sie kleinlaut von dannen gezogen.«

»Bravo!«, ließ Dave verlauten. »Das haben die Burschen gar nicht anders verdient.«

In knappen Worten berichtete er von der erfolgreichen Nachsuche mit Nutmeg und dem deutschen Förster und der anschließenden Bergung des Hirsches – samt der unschönen Abholaktion durch die Brüder.

»Dann sind die 40 Dollar ja mehr als gerechtfertigt ... «, grinste der Polizist.

»Und was ist mit dem Sack?«, fragte Lynn skeptisch. »Was sollen denn ausgerechnet wir damit anfangen?«

»Na, schauen Sie doch mal«, antwortete der Uniformierte amüsiert, während er in die Tüte griff.

Zum Vorschein kam ein in Folie eingeschweißter, riesiger Batzen rohes Fleisch, aus dessen einem Ende ein Stück Knochen lugte.

Der Brocken war so schwer, dass der Polizist ihn kaum mit einer Hand heben konnte.

»Eine Keule!«, rief Hubertus verblüfft. »Die stammt am Ende gar von unserem Hirsch?«

»Richtig!«, brummte der Polizist. »Ein verspäteter Weihnachtsbraten für Sie. Den haben Sie sich allemal verdient. Und der riesige Knochen da, der ist für Ihren kleinen Vierbeiner!«

Nutmeg sprang am Küchentisch hoch - und als wenn sie verstanden hätte, bedankte sie sich mit einem kräftigen Bellen.

Die Weihnachtsfeier

Der Brief kam mit der Post am Freitag, den 13. Dezember. Den hellgrünen Umschlag zierte eine Weihnachts-Sonderbriefmarke, auf welcher der Stall von Bethlehem in kindlicher Malweise abgebildet war. Das Kuvert enthielt die Einladung zur diesjährigen Weihnachtsfeier der Jungjägerausbilder und Prüfer der örtlichen Jägerschaft. Die Feier sollte – wie jedes Jahr – am Freitagabend vor dem 4. Advent in der Jagdhütte am Försterstein stattfinden, exakt in einer Woche.

Dr. Eberhard Kniesewetter wusste seit Jahren von diesem stets gleich bleibenden Termin. Der kurz vor der Pensionierung stehende Mathematiklehrer und ewige Junggeselle hatte ansonsten keine weitere Weihnachtsfeier zu absolvieren – abgesehen von der im Otto-Hahn-Gymnasium, die aber selbstverständlich während der Unterrichtszeit am Vormittag abgehalten wurde. Dennoch zeigte er sich ungehalten.

»Müssen *die* wieder derart spät einladen«, echauffierte er sich gegenüber seiner Mutter, mit der er am Mittagstisch saß. »Was wäre nun gewesen, wenn ich bereits andere Verpflichtungen gehabt hätte?«

»Hast du aber nicht«, erwiderte die alte Dame, während sie ihre Mundwinkel mit einer gestärkten Stoffserviette abtupfte. »Abendveranstaltungen sind dir doch ein Gräuel, lieber Eberhard«, fuhr sie süffisant lächelnd fort. Liselotte Kniesewetter war trotz ihrer 92 Jahre geistig topfit. Außerdem kannte sie ihren Filius nur zu gut. Schließlich lebten sie seit nunmehr über 30 Jahren zu zweit unter einem Dach.

»Und warum können *die* nicht – wie andere vernünftige Mitmenschen es zu tun pflegen – eine Weihnachtsfeier am helllichten Tage oder meinetwegen auch am späten Nachmittag durchführen?« Eberhard Kniesewetter wollte sich nicht beruhigen. »Um danach brav nach Hause zu ihren Familien zu fahren?«

»Weil die jungen Herrschaften gern einen über den Durst trinken«, konterte die alte Dame energisch. »Und wenn sie dann – anstatt sich und die Umwelt zu gefährden – verantwortungsvoll ihr Auto stehen lassen und in der Hütte übernachten, kann ich dies nur begrüßen.«

»Nein, nein! Nicht mit mir.« Der ansonsten kultivierte und beherrschte Oberstudienrat knallte die Serviette auf den Tisch. »Ich werde meinen Prinzipien treu bleiben, dem Alkohol nicht frönen und selbstverständlich wie stets des Nächtens nach Hause kommen.«

Damit war das Thema für den Augenblick erledigt. Eberhard Kniesewetter erhob sich von seinem Stuhl und verließ das Esszimmer, um sich im oberen Stockwerk zu seinem Mittagsschlaf zurückzuziehen.

Doch er sollte an diesem Nachmittag so schnell keine Ruhe finden. Die anstehende Weihnachtsfeier ging ihm nicht aus dem Kopf. Seitdem sich Professor Weinhold und auch Gustav von Hardenfeld aus Altersgründen von der Jungjägerausbildung zurückgezogen hatten, war alles anders geworden. Die ›alte‹ Truppe war auseinandergebrochen – und mit ihr verschwand eine Weltanschauung, die von Zucht und Ordnung geprägt war. Eine junge Garde von Förstern und Möchtegernjägern hatte in der Jägerschaft die Schulung übernommen und neue Sitten eingeführt. So wurde neuerdings in Arbeitsgruppen gelernt, mittels Computern gar das Internet bemüht oder alle naselang irgendeine Exkursion veranstaltet. Dem konservativen Oberstudienrat waren die neumodischen Lehrmethoden äußerst suspekt. Seiner Meinung nach ging nichts – in der Schule wie auch bei der Jungjägerausbildung – über einen autoritären, konventionellen Frontalunterricht wie in alten Zeiten.

Die neu formierte Ausbildergruppe um die beiden Revierförster Matthias Homann und Thomas Behrens war einfach nicht seine Welt. Zum einen waren sie gut zwanzig Jahre jünger als er, gossen sich mit schöner Regelmäßigkeit einen hinter die Binde und ergötzten sich an primitiven Witzen. Zum anderen hatten sie – wie der Lehrer befand – in vielen Bereichen ein recht diffuses Verständnis vom deutschen Waidwerk. Man picke sich nur einmal die beiden heiklen Themen ›Raubzeugbekämpfung‹ oder ›Abschusskontingente beim Schalenwild‹ heraus.

Eberhard Kniesewetter hatte insbesondere den ewigen Besserwisser Max Kleinschmidt, der als gelernter Jurist Jagdrecht vermittelte, und den grobschlächtigen Axel Hanke auf dem Kieker. Letzterer unterrichtete das Schießwesen, war in der Tat ein begnadeter Flinten- und Büchsenschütze, fabrizierte jedoch in seinen schnodderig dahergeplapperten Vorträgen derart viele grammatikalische Fehler, dass sich dem Lehrer jedes Mal die Nackenhaare sträubten.

Mit dieser Truppe musste er nun zum zweiten Mal eine Weihnachtsfeier zelebrieren? Eberhard Kniesewetter wälzte sich unruhig in seinem Bett. Sollte er sich tatsächlich freiwillig in diese beengte Jagdhütte begeben, über Stunden rauchgeschwängerte Luft atmen und seine Ohren einem derart hohen Geräuschpegel aussetzen, dass er mit Sicherheit am nächsten Morgen wieder über Migräne klagen würde?

Nein, nein und nochmals nein!

Der Gipfel der Niveaulosigkeit würde wieder dieses dämliche Schrottwichteln sein, bei dem jeder Gast etwas Unnützes, Verbrauchtes oder angeblich Spaßiges zum

Thema Jagd in Geschenkpapier wickeln und mitbringen sollte, um sich später diebisch darüber zu freuen, dass er seinen ›Müll‹ losgeworden war. Wie albern und kindisch. Dieses Verhohnepipeln eines traditionsreichen, eigentlich schönen weihnachtlichen Brauchtums ging ihm gänzlich gegen den Strich.

Eberhard Kniesewetter beschloss daher, sich am nächsten Freitag, den 20. Dezember, kurzerhand krankzumelden.

Doch es sollte anders kommen als geplant.

In der Nacht zu dem Freitag, an welchem die Weihnachtsfeier stattfinden sollte, hatte es geschneit - die erste Neue in diesem Winter. Dementsprechend aufgeregt waren Jäger und Förster. Wer es sich leisten konnte, fuhr am Vormittag zum Abfährten ins Revier. Noch in der Schule erreichte Eberhard Kniesewetter per Telefon die Nachricht, dass sie Sauen im Staatsforst fest hätten.

Nun gab es kein Halten mehr. Denn der Oberstudienrat war ein passionierter Waidmann und begeisterter Sauenjäger. Vergessen war die abendliche Weihnachtsfeier - beziehungsweise das Vorhaben, diese mit einer Notlüge zu umgehen.

Mit dem letzten Gongschlag in den Ohren hastete er die Treppe hinab und zur Schule hinaus.

Die nachmittägliche Drückjagd, an der sämtliche Jagdscheinausbilder teilnahmen, brachte drei Überläufer auf die Strecke - und Dr. Eberhard Kniesewetter in die Bredouille, seine für die Weihnachtsfeier vorgesehene Ausrede mit der angeblichen Krankheit aufrecht zu erhalten. Schweren Herzens stimmte er zu, als die Mitjäger sich mit einem fröhlichen: »Dann bis nachher, Eberhard!« von ihm verabschiedeten.

Zu Hause angekommen suchte er lustlos nach einem Gegenstand für das Schrottwichteln.

»Nimm doch die angeschlagene Suppenterrine mit dem Hirschmotiv«, schlug seine Mutter vor. »Seit zwanzig Jahren will ich die schon in den Müll werfen.«

»Um Gottes Willen, nein!«, ereiferte sich der Oberstudienrat. »Die ist viel zu schade für diese Banausen. Ich habe da noch eine ausrangierte Wippbrettfalle in der Garage herumstehen. Eine aus Asbest, hihi«, lachte er boshaft. »Der schiere Sondermüll. Die werde ich ihnen andrehen.«

Pünktlich um 19.00 Uhr traf Eberhard Kniesewetter mit seinem Skoda an der Jagdhütte am Försterstein ein. Zwei Autos standen bereits auf dem Parkplatz, in der Hütte brannte Licht.

Pedantisch, wie es sich für einen Mathematiklehrer gehört, und in weiser Voraussicht parkte er seinen Wagen so, dass ihn niemand zuparken und an der geplanten Rückfahrt in der Nacht hindern könnte. Er würde wahrscheinlich wieder der Einzige sein, der sich nach der Weihnachtsfeier auf den Heimweg machen würde.

Der Schnee unter seinen Füßen knirschte, als er den kurzen Weg vom Parkplatz zur Hütte zurücklegte. Es würde eine knackig-kalte Nacht werden. In der Hand hielt er sein ›Geschenk‹, das er verabredungsgemäß in Zeitungspapier eingewickelt hatte. Alle Wichtelpakete sollten einheitlich verpackt sein, um eine spätere Zuordnung zu erschweren.

Neben dem Hütteneingang war ein Jutesack postiert, in den man sein Mitbringsel legen sollte. Der neugierige Lehrer schielte auf die beiden bereits im Sack liegenden Pakete, bevor er seins dazulegte, vermochte jedoch nichts zu erkennen. Dann erst betrat er die Hütte.

Revierförster Matthias Homann und Jürgen Schulze, der jagdliches Brauchtum und Jagdhornblasen lehrte, waren schon dabei, den Tisch mit Kerzen und Fichtenzweigen zu dekorieren.

»Schön, dass wenigstens du pünktlich bist, Eberhard«, ließ der Förster unfroh verlauten. »So haben wir noch ein wenig Hilfe.«

»So wie immer«, grantelte der Oberstudienrat, während er seinen Lodenmantel auszog. »Es sind stets die selben, die sich aufopfern. - Was ist zu tun?«

»Hol bitte noch einen Korb Brennholz aus dem Schuppen. Hier ist nicht mehr viel. Die Nacht wird kalt und erfahrungsgemäß sehr lang.«

Eberhard Kniesewetter schnappte sich den Korb und stiefelte wieder hinaus. Während er das Holz holte, trafen weitere Autos ein. Der zweite Revierförster im Bunde, Thomas Behrens, und Axel Hanke brachten das fertig vorbereitete Essen in Styroporboxen. Max Kleinschmidt hatte wie stets den Auftrag, die Truppe mit Hochprozentigem zu versorgen. Dementsprechend klapperte es in den Kartons, die er hinauf zur Hütte schleppte.

Als Letzter traf gegen 19.30 Uhr Michael Köhne ein, der Spezialist für Hundewesen und Fallenjagd. Nachdem auch er endlich sein Päckchen im Jutesack verstaut hatte, konnte man mit dem Essen beginnen. Die Siebener-Runde war komplett.

»Na, Eberhard, heute wieder nur Gänsewein?«, flachste Axel Hanke, indem er sein Bierglas erhob und den anderen zuprostete. »Kannst du nicht einmal eine Ausnahme machen und mit uns lustig sein?«

»Lustig sein schon«, erwiderte der Angesprochene mit süß-saurer Miene. »Aber gefälligst ohne Alkohol. Schließlich muss ich noch Auto fahren.«

»Schlaf doch hier, wie wir alle«, schlug Matthias Homann vor. »Wie du weißt, gibt es ausreichend Platz.«

»Nein danke. Die Hütte überlass ich lieber euch Jüngeren. In meinem Alter sehnt man sich nach seinem eigenen Bett.« Und damit war das Thema erledigt.

Nach dem Essen stand das Wichteln auf dem Programm. Rasch wurde der Tisch - bis auf Gläser und Flaschen - leer geräumt, das schmutzige Geschirr in der Küchenecke gestapelt und ein Würfelbecher samt Würfel hervorgekramt. Jürgen Schulze und Thomas Behrens holten derweil den wohlgefüllten Jutesack herein.

»Die alten Regeln?«, fragte Max Kleinschmidt, während er sich - sehr zum Missfallen von Eberhard Kniesewetter - eine ausgewachsene Havanna anzündete.

»Klar doch«, sagte Jürgen Schulze. »Erste Runde: Sack leer machen. Wer 'ne Sechs würfelt, bekommt ein Paket. So lange, bis alle weg sind. Zweite Runde: Exakt dreißig Minuten würfeln. Bei einer Eins: Paket abgeben. Bei einer Drei Paket tauschen. Wer eine Sechs würfelt, kann sich ein Paket aussuchen. Noch Fragen?«

»Und man darf nichts verschenken?«, wollte Thomas Behrens wissen.

»Um Gottes Willen! Jeder nimmt seinen ›gewonnenen Schrott‹ hübsch mit nach Hause. Nicht, dass - wie beim letzten Mal - wieder die Hälfte der Sachen in der Hütte zurückbleibt.«

»Müssen wir denn wirklich geschlagene dreißig Minuten würfeln?«, stöhnte Eberhard Kniesewetter. »Ist das nicht fürchterlich stumpfsinnig?«

»Es gab schon Weihnachtsfeiern, da haben wir bis zum Morgengrauen gewürfelt«, erwiderte Max Kleinschmidt. »Als sich nämlich einmal ein wenig waidmännischer ›Playboy‹ unter den Geschenken befand. Jeder wollte das Magazin unbedingt haben.«

»Da war ich sicher längst zu Hause«, distanzierte sich der untadelige Lehrer.

»Aber ja doch«, antworteten die anderen im Chor.

Matthias Homann würfelte als Erster eine Sechs. Er ging zum Sack und holte ein unförmiges, bei wohlwollender Betrachtung annähernd rundes Paket heraus.

Vorsichtig zerriss er das Zeitungspapier. Zum Vorschein kam eine staubige, leicht zerrupfte, ausgestopfte Elster, deren stolze Schwanzfedern verlustig gegangen waren. Sie sah zum Schießen aus.

Die Truppe brach in schallendes Gelächter aus. Doch niemand gab sich als Urheber dieser traurig-komischen Trophäe zu erkennen.

»Ihr kriegt auch noch euer Fett«, rief Matthias Homann in die Runde. »Wartet's nur ab.«

Jürgen Schulze war der Zweite, der in den Sack greifen durfte. Er erwischte die Wippbrettfalle von Eberhard Kniesewetter.

»Die klemmt ja«, beschwerte sich der unglückliche Gewinner, nachdem er die Falle untersucht hatte. »Und ist das nicht Asbest?«

Eberhard Kniesewetter wich dem Blick aus, griff schnell nach dem Würfel – und würfelte eine Sechs. Das Paket, welches er im Sack ertastete, war das größte. Es war viereckig und ziemlich schwer.

»Na, wer ist denn da plötzlich so gierig«, lästerte Thomas Behrens.

Der Oberstudienrat ließ sich nicht beirren und riss das Papier auf. Schon bald hielt er einen Karton in den Händen, dessen Deckel mit Klebeband verschlossen war. Mit einem Messer, welches ihm Thomas Behrens reichte, durchtrennte er das Klebeband und öffnete den Karton.

»Aha, was haben wir denn hier?«, sagte er in gleichgültigem Tonfall. »Bücher, alte Bücher. Wie es scheint, ausrangierte Jagdliteratur.«

»Das trifft ja gerade den Richtigen«, frotzelte Max Kleinschmidt. »Bücher und Lehrer. Das passt doch gut zusammen.«

»*Zwei Jungen und ein Revier* von Snethlage,« erwiderte Eberhard Kniesewetter, während er ein abgegriffenes Jugendbuch hochhielt. »*Wo der Trapphahn balzt.*

Jagderzählungen aus Ungarn, ziemlich zerfleddert. Dann *Das Jägerhaus am Rhein* von Oberländer, asbach-uralt. Ach herrje ...«

»Da hat wohl jemand den Weg zum Altpapier-Container sparen wollen«, meinte Axel Hanke und schien sich spitzbübisch zu freuen. »Los, lass uns weiter würfeln.«

Eberhard Kniesewetter gab den Würfelbecher weiter, wandte sich aber sogleich wieder seinem Bücherkarton zu. Weitere alte Schinken kramte er hervor: Busdorfs *Wilddieberei und Förstermorde*, Franks *Verklungen Horn und Geläut* und verschiedene Werke von Hermann Löns. Alle alt und abgegriffen. *Der letzte Hansbur, Kraut und Lot* und *Mümmelmann*. Letzteres schien besonders mitgenommen.

Er schlug den vergilbten Buchdeckel auf.

»Donnerwetter!«, entfuhr es ihm leise. »Die Erstausgabe!« Da stand es schwarz auf weiß: *Herman Löns – Mümmelmann. Ein Tierbuch, Adolf Sponholtz Verlag G.m.b.H., Hannover, Copyright 1909.*

Niemand schien ihn zu beachten. Die Gruppe war voll und ganz mit dem Würfelspiel beschäftigt. Er schaute kurz in die Runde und blätterte dann weiter. Als er die erste Seite aufschlug, stockte ihm der Atem.

Sein Blick fiel auf die handschriftliche, schwer entzifferbare Widmung in Sütterlin:

Herzlichst der Kaiserlichen Hoheit!
Stets zu treuen Diensten
Hermann Löns
Springe, im November 1910

Darunter die schwungvoll gezeichnete Wolfsangel, die stets die Lönsschen Widmungen zierte.

Eberhard Kniesewetter wurde schwindelig. Aber es gab keinen Zweifel. Ihm war eine absolute Rarität in die Hände gefallen. Er hatte jenes Buch vor sich, welches

Kaiser Wilhelm II anno 1910 anlässlich der kaiserlichen Hofjagd im Saupark Springe von Hermann Löns überreicht bekommen hatte. Er hatte davon in einer Löns-Biographie gelesen. Der bekannte Natur- und Jagdschriftsteller war an jenem Novembertage nicht als Mitjäger, sondern lediglich als Berichterstatter für die Presse zugegen gewesen. Nach dem Streckelegen am Jagdschloss hatte das Welfenoberhaupt den Dichter Löns nach dessen neuestem Werk befragt und ...

»Eberhard, du bist dran«, unterbrach da sein Nachbar seine Gedanken. »Was starrst du denn so in das Buch?«

»Ach ... nur so«, stammelte der Angesprochene. »Da ist nichts ... gar nichts!« Er hatte plötzlich einen mächtigen Kloß im Hals. Im Glauben, sein Mineralwasserglas zu greifen, erhob er das nächstbeste Glas und stürzte den Inhalt mit einem einzigen Zug hinunter.

Die Wirkung war erstaunlich. Einmal bei Eberhard Kniesewetter - der bekam einen heftigen Hustenanfall, einen knallroten Kopf und tränende Augen - sowie bei den anderen am Tisch:

»Das war mein doppelter Wodka«, grölte Axel Hanke mit heiserer Stimme und schlug sich vor Lachen auf die Oberschenkel. Die Übrigen in der Runde fielen in das Lachen ein.

»Sapperlot ... «, krächzte der Lehrer und rang nach Luft.

»Nun musst du doch über Nacht bleiben«, gluckste Max Kleinschmidt mit Tränen in den Augen. »Das reicht dicke für die Promillegrenze.«

Nachdem sich Eberhard Kniesewetter wieder einigermaßen beruhigt hatte, klappte er rasch den Buchdeckel zu und griff nach dem Würfel. Ohne das Ausrollen des Würfels abzuwarten, bat er um einen weiteren Schnaps.

»Jetzt ist es auch egal«, sagte er großspurig und kippte den nächsten Doppelten. Sein sensationeller Fund wollte schließlich gefeiert werden.

Die nächsten Minuten war Eberhard Kniesewetter derart mit den Auswirkungen des für ihn ungewohnten Alkoholgenusses beschäftigt, dass er zunächst nur schemenhaft mitbekam, was die anderen in den restlichen Paketen fanden: Ein Zielfernrohr aus den Vorkriegsjahren, einen altmodischen Brieföffner mit Hirschhorngriff, einen speckigen Försterhut mit ausgefranstem Saubart und eine Losungssammlung unter Glas, die bereits ordentlich Schimmel angesetzt hatte.

Als alle Pakete ausgepackt waren, begann nach einer kurzen Pinkelpause die zweite Runde des Spiels. Ein Wecker wurde auf exakt 30 Minuten eingestellt.

»Topp, die Zeit läuft«, verkündete Matthias Homann und griff als Erster zum Würfelbecher. Die zweite Spielrunde begann.

Kurze Zeit später, als Eberhard Kniesewetter seine erste Eins gewürfelt hatte und er damit sein gewonnenes Buchpaket wieder abgeben musste, wurde dem Mathematiklehrer bewusst, das der legendäre *Mümmelmann* die längste Zeit in seinem Besitz gewesen war.

Mit einem Schlag war er wieder nüchtern.

»Das ist unfair«, mokierte er sich. »Das habe ich ... «

»Nein, so sind die Spielregeln«, entgegnete Jürgen Schulze mit breitem Grinsen. »Sei doch froh, dass du die ollen Schwarten los bist.«

»Nein - äh - ja, doch natürlich.« Eberhard Kniesewetter hatte sich wieder gefangen. Wenn er seinen Schatz wiederhaben wollte, musste er Ruhe bewahren. Und sich jetzt bloß nichts anmerken lassen.

Er schaute zur Uhr. Noch waren 26 Minuten Zeit, um das Buchpaket zurückzubekommen. Das müsste doch zu schaffen sein. Zumal niemand in der Runde bisher auch nur das leiseste Interesse an dem antiquarischen Lesestoff gezeigt hatte. Das Hauptaugenmerk schien auf dem Brieföffner mit dem Hirschhorngriff zu liegen.

Die Würfelei wurde immer wilder. Unter übermütigem Gegröle wurden die meist wenig willkommenen Präsente über den Tisch geschoben, getauscht, abgegeben oder wieder zurückerobert. Mal besaß einer drei oder gar vier Pakete, hatte aber in der nächsten Runde schon wieder alles verloren. So ging es hin und her.

Eberhard Kniesewetter gelangte zwar durch eine Drei und zwei Sechsen dreimal in den zeitweiligen Besitz des Bücherpaketes, wurde es aber auch rasch wieder los.

»Na, da scheint es doch tatsächlich jemanden zu geben, der sich wirklich für den alten vergilbten Lesestoff interessiert«, frotzelte Michael Köhne. »Das werden wir doch zu verhindern wissen - oder, Männer?« Die anderen prosteten sich zu.

»Nein, ganz und gar nicht«, wiegelte Eberhard Kniesewetter ab. »Ist mir eigentlich völlig egal, was ich gewinne. Oder besser noch: Am besten, ich gehe leer aus, denn von dem Krams kann man ja doch nichts gebrauchen.«

Am Ende ging er tatsächlich leer aus. Als der Wecker rasselte, war er in letzter Sekunde auch noch die Losungssammlung losgeworden. Hauptgewinner war - wie schon im Vorjahr - Axel Hanke mit der Elster, der Wippbrettfalle und dem besagten Bücherkarton.

»Wow!«, jubelte dieser, »Weihnachten ist gerettet. Die Elster kriegt meine bessere Hälfte, die alte Falle der Sohnemann und die Bücher - äh - die Bücher ... Eberhard, du bist sicher, dass diese uralten Schinken zu nichts mehr taugen?«

»I wo!«, sagte der Lehrer trocken und erschrak selbst über seine Abgebrühtheit. »Das sind alles äußerst gängige Ausgaben und dazu noch in einem sehr schlechten Zustand.«

»Dann spende ich sie der Hüttenbibliothek«, verkündete Axel Hanke großspurig und freute sich diebisch über seinen scheinbar gelungenen Schachzug.

»Nichts da!«, wehrte Thomas Behrens ab. »Eine Hüttenbibliothek gibt es hier nicht. Als Hausherr entscheide ich, was hier bleibt oder nicht. Und ich sage: Sämtlicher gewonnener Schrott verlässt morgen früh mit euch diese Hütte. Auch die Bücher. Basta!«

Die folgende Nacht wurde eine der längsten und anstrengendsten im Leben des Oberstudienrates Kniesewetter. Jene Weihnachtsfeier - oder besser den Morgen danach - sollte er so schnell nicht wieder vergessen.

Zunächst hielt er gut mit. Er trank zum Erstaunen aller seinen dritten doppelten Wodka - »Eberhard, so kennen wir dich ja gar nicht!« - und beteiligte sich sogar beim für ihn normalerweise weit unter seinem Niveau liegenden Witzeerzählen. Dabei schielte er ständig zur Bücherkiste, die inzwischen neben dem Fenster auf einer Kommode stand.

Er überlegte, mit welcher Taktik er an das begehrte Buch kommen könnte. Am einfachsten schien es ihm, so lange abzuwarten, bis alle weinselig in ihren Kojen lagen, um sich dann ungestört den *Mümmelmann* zu angeln. Kein Mensch würde das dünne, unscheinbare Buch vermissen.

Doch er hatte die Rechnung ohne den Wirt gemacht. Bei den anderen handelte es sich nämlich um Kerle im besten Mannesalter, die das Feiern gewohnt waren. Sie tranken ohne Unterlass, qualmten, was das Zeug hielt, und ihre Witze wurden immer zotiger.

Nach langem innerlichen Kampf warf Eberhard Kniesewetter kurz nach Mitternacht das Handtuch. Seine Augen brannten, seine Kehle war von der schlechten Luft wie zugeschnürt und heftige Kopfschmerzen setzten ihm zu.

»Du kannst im Eckzimmer schlafen«, sagte Matthias Homann, nachdem sich Eberhard Kniesewetter verabschiedet hatte. »Dort ist noch ein Bett frei.«

Noch bevor er einschlief, fasste Eberhard Kniesewetter den Plan, morgen früh als Erster aufzustehen, sich das Buch zu schnappen und ohne Umschweife diesen unseligen Ort zu verlassen.

Am nächsten Morgen wachte er tatsächlich in aller Herrgottsfrühe auf. Es war kurz vor halb Sieben. Sein Schädel dröhnte wie ein Brummkreisel und ihn plagte schrecklicher Nachdurst.

Im zweiten Bett des Eckzimmers schnarchte lautstark Max Kleinschmidt. Sofort fiel Eberhard Kniesewetter wieder sein Vorhaben ein. Noch in Unterwäsche und auf Zehenspitzen schlich er in den Hauptraum, in dem es Ekel erregend nach kaltem Rauch und Alkohol stank. Es war bitterkalt.

Zu seinem Entsetzen musste er feststellen, dass er nicht der Einzige war, der bereits auf den Beinen war. Vor dem Holzofen kniete Axel Hanke und war gerade im Begriff, ein Feuer zu entfachen.

»Morgen!«, grummelte Eberhard Kniesewetter kleinlaut und leise.

»Das blöde Scheißding ist ausgegangen«, entgegnete Axel Hanke schlecht gelaunt. »Ich habe mir heute Nacht fast den Arsch abgefroren. Draußen sind es bestimmt 10 Grad minus.«

Eberhard Kniesewetter kümmerte sich nicht weiter um den verkaterten Feierkumpanen, sondern wandte sich sogleich der Kommode zu. Dort stand noch wie am gestrigen Abend der Bücherkarton.

Axel Hanke war derart mit dem Feuermachen beschäftigt, dass er nicht bemerkte, wie Eberhard Kniesewetter seine beiden Hände im Karton verschwinden ließ und die Bücher durchsuchte. Er bemerkte auch nicht, wie der Oberstudienrat immer hektischer wurde und ein Buch nach dem anderen auf den Tisch warf. Erst als der leere

Karton zu Boden fiel, drehte er sich Stirn runzelnd um und erhob sich.

»Was ist denn mit dir los?«, fragte er Eberhard Kniesewetter, der nicht nur vor Kälte, sondern auch vor Wut zitternd vor ihm stand.

»Wo - wo ist der *Mümmelmann*?«, hörte er sein Gegenüber bedrohlich zischen.

»Mümmelmann ...?« Abwehrend hob Axel Hanke beide Arme. In den Händen hielt er zerknülltes Papier, das vom Feuermachen übrig geblieben war: Kleine bedruckte Seiten, die aus einem Buch zu stammen schienen, wahllos herausgerissen.

»Das Zeitungspapier war alle, da habe ich in die Bücherkiste gegriffen«, sagte er treuherzig. »Du hast doch selbst gesagt, die Schwarten seien nichts mehr wert ... «

Eberhard Kniesewetters gellender Schrei ging durch Mark und Bein.

Der Keiler Josef

Einmal musste es ja so kommen.

Josef war ihm ausgebüxt – mitten in der Rauschzeit. Das konnte heiter werden.

Zunächst hatte Karl Buchholz dem vorweihnachtlichen Stress die Schuld für das Missgeschick gegeben. Wie stets im Dezember standen neben dem regulären Holzeinschlag und dem Pflanzen – solange es frostfrei blieb – auch noch der Weihnachtsbaum- und Schmuckgrünverkauf, die Brennholzvermarktung und die Weihnachtsbratenbeschaffung auf dem täglichen Arbeitszettel. Da kam es nicht selten zu einem Zehn- bis Zwölfstunden-Arbeitstag.

Als Förster einer staatlichen Revierförsterei hatte Karl Buchholz zwar schon 42 Dienstjahre auf dem Buckel und verfügte somit über eine gewisse Routine. Doch forderte das Alter – im nächsten Jahr wurde er 65 und somit pensioniert – langsam aber sicher seinen Tribut.

Er war wahrscheinlich einfach nur nachlässig gewesen und hatte am Abend das Tor zum Schwarzwild-Gatter nicht richtig verschlossen.

Oder?

Plötzlich fiel es ihm wieder ein. Hatte Hedda nicht gegen Mitternacht kurz gekläfft und ihn geweckt? Oder hatte er das nur geträumt? Aufgestanden war er jedenfalls nicht, wie er es sonst immer tat, wenn seine brave Hündin in der Nacht anschlug.

Es konnte also auch böse Absicht gewesen sein – dieser Gedanke verfestigte sich in ihm mit jeder Minute mehr, die Josef verschwunden blieb. Vielleicht hatte sich jemand im Schutze der Dunkelheit an dem Tor zu schaffen gemacht und es absichtlich und heimtückisch geöffnet, um den Keiler herauszulassen.

Leider hatte es in der Nacht heftig geregnet, so dass am Morgen keinerlei Fußspuren mehr am Gehegetor zu entdecken waren. Karl Buchholz hatte einzig und allein die kapitale Fährte von Josef entdeckt. Da diese relativ frisch war – der erfahrene Jäger schätzte sie auf höchstens zwei Stunden – war davon auszugehen, dass Josef aus freien Stücken das Gehege verlassen und ihn niemand gestohlen hatte.

Vielleicht handelte es sich aber auch um einen Bösejungenstreich, einen Streich, wie sie landauf, landab tagtäglich passierten. Dagegen sprach allerdings, dass es eigentlich eher selten Kinder oder Jugendliche in die Nähe der Försterei verschlug, die recht einsam, wenn auch idyllisch am Waldrand gelegen war. Die ›Teenies‹, wie sie neuerdings genannt wurden – derartige Anglizismen riefen bei Karl Buchholz stets Kopfschütteln hervor – hockten doch lieber zu Hause vor ihren Computern oder tobten sich auf dem Bolzplatz oder beim Jugendtreff aus. Heutzutage interessierten sich kaum noch junge Menschen für Wald und Wild.

Karl Buchholz schlürfte an diesem Sonnabend, einem 22. Dezember, erst gegen neun seinen verspäteten Morgenkaffee – das Verschwinden von Josef hatte seinen gesamten Tagesrhythmus durcheinandergebracht. Mit beiden Händen hielt er den Becher vor dem Bauch und starrte durchs Küchenfenster auf den Hof. Er kam ins Grübeln.

Da war noch eine andere Gruppe, die an jenem Morgen ins Visier des Försters geriet, eine Gruppe, die den neuen jagdlichen Gepflogenheiten im fiskalischen Wald kritisch bis ablehnend gegenüberstanden. Das waren keine verspinnerten Naturfreunde, radikalen Tierschützer oder gar militanten Jagdgegner. Nein, im Gegenteil:

Ihm kamen eher die Gleichgesinnten in den Sinn, die derselben Passion verfallenen und ihm in früheren Zeiten wohlgesonnenen Mitbürgerinnen und Mitbürger dieser Gemeinde. Karl Buchholz dachte an die Gruppe der benachbarten Jäger, an die Jagdausübungsberechtigten der dem Staatsforst angrenzenden Gemeinschaftsjagdbezirke.

Es war in den umliegenden Revieren schon seit ewigen Zeiten Usus, dass die Jagden nicht an Außenstehende, sondern nur an Einheimische verpachtet wurden, vor allem an Landwirte, die auf ihrem eigenen Grund und Boden das Jagdrecht ausübten. Bis vor kurzem funktionierte die Nachbarschaft zwischen Staatsforst und Privatjagden tadellos: Der Fiskus profitierte von den reichhaltigen Äsungsflächen auf Feldern und Wiesen außerhalb seiner Wälder, die Privaten von den wertvollen Einständen im Forst - insbesondere im Winter.

Doch durch die Reform bei der Landesforstverwaltung wurde alles anders. Das rein wirtschaftliche Denken erfasste auch den staatlichen Jagdbetrieb. Um die Staatskasse zu füllen, holte man immer mehr zahlende Grünröcke in den Wald; der Jagddruck im Landeswald nahm enorm zu. Folglich machten sich in den angrenzenden Privatjagden nicht nur Rot- und Schwarzwild rar, sondern sogar das Rehwild blieb weg. Das rief den Unmut der Nachbarjäger hervor, der sich irgendwann auch gegen Karl Buchholz richtete - obschon nun wirklich alle Welt wusste, dass die Revierförster am allerwenigsten Schuld an dieser Misere trugen.

Obendrein war Karl Buchholz schon immer ein etwas kauziger Einzelgänger gewesen. Er lebte seit sieben Jahren als Witwer mutterseelenallein in seinem Forsthaus - mal abgesehen von Hündin Hedda, Keiler Josef und seinen sechs namenlosen Hühnern. Menschlichen Besuch empfing er nur selten.

Durch die Anfeindungen der Nachbarjäger war es schließlich noch einsamer um ihn geworden. So schien es ihm nicht so abwegig, zu vermuten, dass jemand aus dieser Gruppe ihm das anstehende Weihnachtsfest gründlich zu vermiesen trachtete.

Karl Buchholz knallte ärgerlich den Kaffeebecher auf den Küchentisch und griff zur Jacke.

»Mit mir nicht!«, murmelte er in seinen schütteren Vollbart. »Ihr sollt mich kennen lernen!« Er tastete nach Handy und Schlüsselbund, angelte sich das Fernglas vom Haken an der Wand und stiefelte hinaus.

Zunächst holte er Hedda, seine Deutsch-Kurzhaarhündin, aus dem Zwinger. Obwohl er genau wusste, dass es wahrscheinlich nicht viel Zweck hatte, so wollte er wenigstens versuchen, mit Hilfe der Hündin Josefs Fährte aufzunehmen.

Er führte Hedda am Schweißriemen zum Gattertor. Das stand nun weit geöffnet, für den Fall, dass der Ausreißer reumütig zurückkehren würde. Um Josefs Heimweh noch ein wenig anzuheizen, hatte Karl Buchholz Erbsen auf dem matschigen Boden verstreut, das Lieblingsfutter des Keilers.

Die Fährte war in dem weichen Erdreich noch gut zu erkennen, reichte aber nur wenige Meter weit. Josef hatte für seinen Ausflug nicht den an die Försterei angrenzenden Acker gewählt, auf dem man wunderbar den Trittsiegeln hätte folgen können, sondern den geteerten Wirtschaftsweg, der ins Dorf führte – als wollte der gewiefte Keiler vermeiden, dass die Suche nach ihm zu einfach wurde.

Hundeführer und Hund liefen über den nassen Asphalt und kontrollierten rechts und links die Seitenstreifen. Da es auf beiden Seiten des Weges winterkahle Felder gab, war es nicht schwer festzustellen, dass Josef der Straße treu geblieben war.

Bei Karl Buchholz wuchs das mulmige Gefühl mit jedem Schritt, den er dem Dorf näher kam. Ihm war siedendheiß eingefallen, dass es seit kurzem auf dem Wöhler-Hof Hausschweine gab.

Der Wöhler-Hof lag in direkter Nachbarschaft zur Försterei, am Dorfrand, nur rund einen Kilometer entfernt. Sein Besitzer Walter Wöhler hatte den Betrieb im letzten Frühjahr umstrukturiert und war in die Schweinemast eingestiegen. Bei ungünstigem Wind gelangte der Schweinegeruch zuweilen bis zum Forsthaus. Und dass das Schwarzwild über einen ausgezeichneten Geruchssinn verfügt, ist hinlänglich bekannt.

Das ist also der Grund, warum Josef in diesem Jahr so rauschig ist, dachte der Förster, während er seine Schritte beschleunigte. So viel Unruhe, Aggressivität und derart viel Schaum um das Gebrech hatte er bei dem fünfjährigen Keiler noch nie erlebt. Da sich in dem Waldgebiet um die Försterei so gut wie nie Sauen blicken ließen, musste sein ungewöhnliches Gebaren offenbar mit dem Wöhlerschen Schweinestall zusammenhängen.

Karl Buchholz mutmaßte: Allem Anschein nach war Josef auf Brautschau.

Hedda schaute verdutzt zu ihrem Herrn hinauf. Die öde Asphaltstrecke ins Dorf liefen sie eigentlich selten zu Fuß. Noch dazu in dieser Geschwindigkeit ...

Sie erreichten gerade die leichte Anhöhe, von der man das Dorf vor sich liegen sah, als ein Schuss fiel – direkt vor ihnen!

Karl Buchholz blieb wie angewurzelt stehen.

Er ahnte sofort, wem der Schuss gegolten hatte. Von dem Wöhler-Hof, der nun direkt vor ihm lag, drangen aufgeregte Rufe an sein Ohr, ein Hund kläffte laut und hysterisch.

Als er anfing zu rennen, startete im Kopf des Försters ein Film ... wie im Zeitraffer zeigte er, wie ihm der sechs

Wochen alte Frischling an jenem herrlichen Apriltag kurz vor Ostern von einem seiner Holzkäufer gebracht worden war. Der Unglücksrabe hatte halbtot unter einer Holzrolle am Wegesrand gelegen. Wahrscheinlich war die Bache, die mit ihrem Nachwuchs die Wegebankette nach Eicheln aus dem Vorjahr durchwühlt hatte, einem schlecht geschichteten Holzpolter zu nahe gekommen und hatte die Stämme in Bewegung gebracht. Dabei musste eine der herabpurzelnden Holzrollen einen ihrer Frischlinge erwischt haben.

Den Namen ›Josef‹ gab Karl Buchholz dem Findelkind noch am gleichen Tag. Er bediente sich dazu einfach des Namens von dem Holzkäufer, der den Gestreiften gefunden hatte; das war ein gewisser Giuseppe gewesen, aus Sülze bei Bergen. Da die Heidjer den Namen Giuseppe nicht richtig aussprechen konnten oder wollten, hatte sich für den gebürtigen Sizilianer im Laufe der Zeit der Name Josef eingebürgert.

Die Aufzucht des kleinen Kerls war nicht einfach gewesen. Zwar hatte Karl Buchholz schon das eine oder andere Rehkitz aufgezogen, jedoch noch nie einen Frischling. So holte er sich Rat bei Otto Lindemann aus Engensen. Der kannte sich bestens mit der Wildschweinzucht aus und gab ihm die nötigen Tipps.

Da Frischlinge bis zu drei Monate säugen, gab er ihm zunächst verdünnte Milch aus der Flasche; dann bekam der Wutz schon bald die erste feste Nahrung wie Grünzeugs aller Art, Kartoffeln, Hafer in der Milchreife und andere Leckerein. Auch an tierischem Eiweiß durfte es natürlich nicht fehlen. Karl Buchholz schleppte Würmer, Engerlinge, die eine oder andre Maus und sogar Hühnereier herbei. Für letztere entwickelte das rasch gedeihende Keilerchen eine besondere Vorliebe.

Josef wurde sehr zutraulich und blieb selbst mit zunehmendem Alter äußerst pflegeleicht. Er fraß seinem

Herrn aus der Hand, kam auf Zuruf angezottelt und folgte ihm wie ein Jagdhund zu kleinen Spaziergängen. Er tollte mit Hedda ausgelassen auf dem Hof herum, stieß den unfreundlichen Briefträger mehrmals vom Fahrrad oder grunzte vor Wohlbehagen, wenn Karl Buchholz ihn zwischen den Tellern kraulte. Kurz: Der Keiler gehörte zur Familie und war dem Förster ans Herz gewachsen.

Da fiel ein zweiter Schuss.

Im gleichen Augenblick sah er ihn. Wie ein Kugelblitz kam Josef um die Scheunenecke geschossen, durchbrach einen Weidezaun und raste über eine Wiese auf eine nahe gelegene Fichtendickung zu.

»Wie's ausschaut, ist er gesund«, sagte Karl Buchholz zu seinem Hund. Die Erleichterung in seiner Stimme war unverkennbar. Während er das Fernglas hochnahm, um seine Vermutung zu untermauern, begann Hedda an seiner Seite zu knurren.

»Was ist?«

Dann sah auch er den Grund für Heddas Unbehagen.

Hinter der Scheune war Walter Wöhler aufgetaucht. Er war Josef hart auf den Fersen. Im Laufen hatte er seine Flinte geöffnet, zwei leere Patronenhülsen flogen in hohem Bogen heraus. In der linken Hand hielt er bereits neue Patronen bereit: zwei Brenneke. Mit geübten Handgriffen schob er sie in die Läufe und schloss die Waffe.

»Nein!«, brüllte da Karl Buchholz. Winkend lief er zu dem Landwirt hinüber.

Doch der ließ sich nicht beirren. Ohne stehen zu bleiben, riss er die Flinte an die Wange und drückte ab.

Josef hatte Dusel. Gerade als der Schuss sich löste, war der Basse in den stubenhohen Fichten eingetaucht.

»Mein Gott!«, entfuhr es da dem Förster.

Er hatte jenseits der Fichten parkende Autos entdeckt. Wilfried Engelbostel, Besitzer der Fichtenschonung, kümmerte sich allem Anschein nach gerade um seine Weihnachtsbaum-Kundschaft.

Da ging das Geschrei auch schon los. Wütende sowie ängstliche Stimmen erschollen aus der Schonung.

Galt das nun dem Keiler – oder gar dem Schuss? So ein Flintenlaufgeschoss konnte gut 50 Meter weit fliegen. Und wenn es einen Menschen traf ...

Karl Buchholz mochte sich gar nicht ausmalen, welch schlimme Folgen dieser fahrlässig abgegebene Schuss haben könnte.

Das Geschrei verstummte.

»Das kann Sie teuer zu stehen kommen!«, rief der Förster, der in der Zwischenzeit bei Walter Wöhler angelangt war. Karl Buchholz schnappte nach Luft. Der Spurt über den weichen Acker hatte ihn angestrengt. »Wie können Sie nur ... !«

»Ach, halten Sie doch den Mund!«, unterbrach ihn der Landwirt. Wütend wirbelte er mit seiner Doppelflinte in der Luft herum. »Das ist alles Ihre Schuld. Ihr blöder Keiler wollte in meinen Schweinestall einbrechen ... !«

»Nehmen Sie sofort die Flinte runter!«, herrschte ihn der Förster an. »Sie haben geladen. Nicht, dass noch ein Unglück passiert

»Wieso noch eins ... ?«

»Blut ... !«, schrie da eine hysterische Frauenstimme in der Fichtenschonung. Die Stimme schien sich zu überschlagen. »Überall Blut!«

Walter Wöhler wurde kreidebleich im Gesicht.

»Jetzt sehen Sie, was Sie angerichtet haben.« Karl Buchholz wischte sich den Schweiß von der Stirn. »Los, kommen Sie mit!«

Auf der Fährte, die Keiler Josef in der Wiese hinterlassen hatte, rannten die beiden Männer und die Hündin hinüber zur Weihnachtsbaumkultur. Schon bald erreichten sie den Rand der Dickung, wo sie stehen blieben und lauschten. Das Geschrei vor ihnen war in ein aufgeregtes Stimmengewirr übergegangen.

»Hallo!«, rief Karl Buchholz, während er sich zwischen zwei Randbäumen einen Weg hin zu den Sprechenden bahnte. »Hier kommt Hilfe!«

Da die Blaufichten im Weitverband gepflanzt waren, konnte man ungehindert zwischen den Bäumen laufen. Die beiden Männer kamen gut voran.

»Hierher!«, hörten sie eine quäkende Stimme. Der Förster erkannte das unverkennbare Organ von Wilfried Engelbostel. »Hier sind wir!«

Wenig später standen sie sich auf einer kleinen Lichtung gegenüber. Karl Buchholz und Walter Wöhler auf der einen, Wilfried Engelbostel und ein junges Paar auf der anderen Seite. Wie sich später herausstellen sollte, handelte es sich um Neubürger aus der Siedlung im Osten des Dorfes. Die Jeans der jungen Frau war am Oberschenkel blutverschmiert, sie selbst schien aber - abgesehen von ihrem schreckverzerrten Gesicht - nichts weiter abbekommen zu haben. Ihr Ehemann versuchte gerade, mit einem Taschentuch das Blut von der Hose seiner Frau abzuwischen.

»Alles halb so wild«, empfing Wilfried Engelbostel die beiden Männer. »Die Wildsau hat die Frau lediglich umgeschubst. Und das Blut ist nicht von ihr.«

»Alles halb so wild?« Die junge Frau schnaubte. »Na, herzlichen Dank für die Anteilnahme. Das Viech hat mich regelrecht über den Haufen gerannt.«

Werner Wöhler fiel ein Stein vom Herzen. »Puh ... !«, ließ er Luft ab. »Ich dachte schon ... !«

»Was sagen Sie da?«, fuhr Karl Buchholz dazwischen. »Der Keiler hat geschweißt?«

»Scheinbar!« Wilfried Engelbostel grinste boshaft. »Wenn Schweiß und Blut das gleiche sind. Hängt das mit eurer Ballerei zusammen?« Bei den letzten Worten hatte er auf die Flinte gedeutet, die Walter Wöhler nun über der Schulter trug.

»Konnten Sie sehen, wo er verletzt war?«, wandte sich der Förster an die Frau. Seine Stirn durchzogen dicke Sorgenfalten. »Wo genau hat das Tier geblutet?«

»Was weiß ich ... !«, erwiderte die Frau ungehalten. »Es ging alles so schnell ... Ich hatte gerade den passenden Weihnachtsbaum gefunden, als ich plötzlich den Schuss hörte. Vor Schreck hab' ich mich umgedreht, da kam auch schon die Wildsau auf mich zugerast, stieß mich gegen das Bein, und ich flog in hohem Bogen in den Dreck.«

»War denn die Verletzung eher vorn oder eher hinten bei dem Wildschwein?«, wollte da Walter Wöhler wissen.

»Hinten. Und eher oben drauf«, sagte sie. »Ja, ich glaube, mehr so oben auf dem Rücken.«

»Dann wird's nur ein Streifschuss sein.« Der Schütze wandte sich kleinlaut an Karl Buchholz. »Ich muss ihn beim Hereinwechseln in die Fichten wohl doch noch erwischt haben.«

Nachdem sie sich von Wilfried Engelbostel und dem Paar verabschiedet hatten, machten sie sich auf die Suche nach dem Anschuss. Dank Hedda war das schnell erledigt. Die Brenneke hatte Josef in der ersten Reihe der Blaufichten zu fassen gekriegt. Sie fanden zunächst wenig Schweiß, jedoch jede Menge Schnitthaar, Borsten und Federn, dazu einen Ein-Cent-Stück-großen Schwartenfetzen mit einer dicken Weißschicht.

»Ich hoffe doch stark, dass Sie meinem Keiler nur ein wenig den Saubart rasiert haben«, knurrte der Förster Walter Wöhler an. »Sonst ... !«

»Was sonst ... ?« Nachdem sich herausgestellt hatte, dass durch seine höchst fahrlässige Schussabgabe kein Mensch zu Schaden gekommen war, schien der Landwirt seine Aggressivität von vorhin wiedererlangt zu haben.

»Falls Ihr Keiler mir die Schweinepest auf den Hof geschleppt hat, verklage ich Sie auf Schadenersatz.«

»Schweinepest - pah!« Karl Buchholz winkte ab. »Sie wollen bloß von Ihrem Fehlverhalten ablenken.«

»Apropos Fehlverhalten!« Walter Wöhler postierte sich dicht vor dem Förster und griente ihn angriffslustig an. »Wie konnte Ihr Zögling denn ausbüchsen? Hatten Sie das Gatter nicht vorschriftsmäßig verschlossen?«

»Doch, habe ich.« Karl Buchholz hielt dem Blick seines Gegenübers stand. »Aber fragen Sie mal Ihre Jagdkumpane, ob nicht einer von ihnen heute Nacht zufällig bei der Försterei gewesen ist und an dem Gattertor herumgefummelt hat. Vielleicht finden Sie dann den Schuldigen.«

»Papperlapapp!« Der Landwirt wandte sich zum Gehen. »Aber das mit meinen Jagdkumpanen ist eine gute Idee. Ich trommele sie jetzt zusammen und dann machen wir ein wenig Jagd auf den Keiler.« Und zynisch setzte er nach: »Wäre doch unwaidmännisch, den armen Bassen noch länger leiden zu lassen.«

Ohne eine Antwort abzuwarten, stiefelte er auf die Wiese hinaus.

Karl Buchholz war außer sich. Doch ihm blieb nicht viel Zeit, sich aufzuregen. Er musste kühlen Kopf bewahren und rasch und überlegt handeln.

Josef war angeflickt, zum Glück allem Anschein nicht lebensbedrohlich. Jedoch konnte er durch seine Verletzung in Rage sein und so einiges Unheil anrichten. Karl Buchholz musste sofort die Nachsuche beginnen, noch bevor sich die Jäger im Dorf versammelt hatten und ihrerseits auf die Suche gingen.

In diesem Augenblick fiel ihm ein, was der Installateur und stellvertretende Hegeringleiter Friedel Hapke gesagt hatte, als der vorherige Woche in der Försterei einen Heizungsschaden repariert hatte. Dabei hatte

Hapke auch Josef zu Gesicht bekommen. »Donnerwetter!«, hatte er gesagt. »Das Gewaff deines Keilers ist ja rekordverdächtig. So mancher im Dorf würde sich freuen, wenn er diese Trophäe eines Tages an der Wand hätte.«

»Such voran, Hedda!« Die Hündin verstand sofort den Ernst der Lage. Sie zog mächtig am Schweißriemen, so dass Karl Buchholz alle Mühe hatte, ihr zu folgen. Bei der rasanten Gangart schlugen dem Hundeführer die Fichtenzweige ins Gesicht, was bei der stacheligen Blaufichte besonders unangenehm war.

Nachdem Hedda auf den ersten fünfzig Metern noch vereinzelt Schweiß verwiesen hatte, hörte dies plötzlich schlagartig auf. Karl Buchholz war einerseits darüber erfreut, anderseits wurde es nun auch nicht gerade leichter für seine Vorstehhündin, die Wundfährte zu halten.

Kurze Zeit später erreichten sie den Rand der Weihnachtsbaumkultur. Josef war nun über einen blanken Acker gezogen, weiter weg vom Dorf, in Richtung Wald. Leider nicht in Richtung Staatsforst, wo die Jäger aus dem Dorf keine Jagderlaubnis gehabt hätten, sondern genau in das Herzstück des benachbarten Gemeinschaftsjagdbezirkes: In den Fuhrhofer Wald.

Die Trittsiegel waren in dem vom nächtlichen Regen aufgeweichten Erdboden leicht zu verfolgen. Während Karl Buchholz mit großen Schritten weiter marschierte, zückte er sein Handy.

Eigentlich war er kein Freund des Mobiltelefons, doch sollte es an jenem denkwürdigen 22. Dezember durchaus von Vorteil sein, eins dabeizuhaben. Erst als er es sechs-, siebenmal hatte läuten lassen, fiel ihm ein, dass heute ja Samstag war – Wochenende im Forstamt. Auch bei den Nachbarkollegen nahm niemand ab.

Die machen bestimmt alle noch ihre Weihnachtseinkäufe, dachte er bei sich.

Die Idee, den Amtsleiter privat anzurufen und um Hilfe zu bitten, verwarf er rasch. Mit ihm stand er seit geraumer Zeit auf Kriegsfuß – unter anderem wegen der neuen, rein ökonomisch ausgerichteten Bejagungsrichtlinien im Staatsforst.

Das Nachsuchegespann war stehen geblieben, um zu verschnaufen. Bleibt nur noch die Polizei, dachte Karl Buchholz schließlich. Frido muss mir helfen.

Frido Eilers war sofort am Apparat. Er hatte Wochenenddienst und freute sich, dass endlich mal etwas passierte. Der vorweihnachtliche Friede langweilte den Dienst habenden Polizeibeamten. Obermeister Eilers vom örtlichen Kommissariat – ein Vetter dritten Grades – war einer der wenigen verbliebenen Personen im Dorf, die Karl Buchholz noch wohlgesonnen waren.

»Wenn ich dir helfen soll«, sagte der Polizist spitzbübisch, »muss dabei aber mindestens ein Weihnachtsbaum herausspringen. Ich habe nämlich noch keinen.«

Der Förster willigte spaßeshalber ein. Er legte sogar noch nach: »Wenn die Sache glatt geht, gibt's zu dem Baum auch noch einen Weihnachtsbraten oben drauf.«

»Schon gut. Um was geht's denn?«

»Hör zu ... « In wenigen Sätzen schilderte Karl Buchholz das Vorgefallene.

»Und jetzt stehst du da mitten auf dem Acker und weißt nicht weiter?«

»Doch, ich suche jetzt weiter nach. Ich werde Josef schon finden.«

»Hast du denn überhaupt die Berechtigung, dort nachzusuchen? Hat der Fiskus mit den Privaten Wildfolge vereinbart?«

»Moment mal! – Offiziell mache ich doch gar nichts. Ich habe keine Waffe dabei und gehe lediglich mit dem Hund spazieren.«

»Na, wenn das man gut geht ... « Frido Eilers' Stimme klang skeptisch.

»Das liegt auch an dir«, erwiderte der Förster mit Nachdruck. »Wenn du nicht einschreitest, machen die sicher Ernst und knallen mir den Josef ab.«

»Dürfen die das denn überhaupt? Ich meine, nach dem Gesetz?«

»Was heißt hier dürfen?«

Karl Buchholz wurde so laut, dass Hedda die Rute einzog und sich ein paar Schritte davonmachte. »Als Eigentümer von Josef müsste ich ihn zum Abschuss freigeben. Aber da fragen *die* doch nicht nach. Die schießen erst einmal und reden sich hinterher einfach raus, sie hätten ja nicht ahnen können, dass es sich bei dem Stück um einen zahmen Keiler gehandelt hat, oder so. Haben sich eben - leider! - geirrt. Nach dem schönen Motto: ›Anschiss vergeht, Trophäe besteht‹.«

»Und was soll ich dabei machen?«, fragte der Polizist. Seinen Worten war das Unbehagen anzumerken.

»Lieber Frido, ich habe da so eine Idee ... «

Zur gleichen Zeit telefonierte drunten im Dorf auch Walter Wöhler. Aufgekratzt wie ein Rumpelstilzchen saß er auf der Ofenbank in seiner Küche. Auf dem Tisch vor ihm lag neben der aufgeklappten Doppelflinte eine Telefonliste, die mit ›Jäger‹ überschrieben war.

Es war gar nicht so einfach, am Samstagvormittag, dem letzten verkaufsoffenen Tag vor dem Weihnachtsfest, seine Pappenheimer an die Strippe zu bekommen. Viele waren in die nahe Kreisstadt gefahren, um auf den letzten Drücker - wie passend war dieser Ausspruch für Jäger - noch rasch ein Geschenk für die Lieben zu ergattern. Und wenn er sie endlich am Telefon hatte - dem Handy sei Dank - dann sagten die meisten, dass sie, wenn überhaupt, frühestens am frühen Nachmittag zur Verfügung stünden. Zähneknirschend willigte Walter Wöhler schließlich ein, dass man sich um 14.00 Uhr bei ihm auf dem Hof treffen würde.

Nachdem er das letzte Telefonat geführt hatte, trat er ans Küchenfenster und musterte den Himmel. Die Wolken hatten sich verzogen. Er registrierte, dass der Wind von Nord-West auf Nord-Ost gedreht hatte. Es würde in der Nacht Frost geben. Das hatte der Wetterbericht dieses Mal richtig vorausgesagt.

Da sein Blick nach oben gerichtet war, sah Walter Wöhler nicht, dass in diesem Augenblick die Polizei an seiner Hofeinfahrt vorbeifuhr. Der örtliche Streifenwagen fuhr extrem langsam. Neben der Maismiete am Ortsende stoppte er, wendete und parkte schließlich unter dem Schauer einer efeuüberrankten Scheune – ein ausgezeichneter Platz, um unbemerkt die Hofeinfahrt zum Wöhler-Hof beobachten zu können.

Hedda hatte etwas in der Nase. Sie zog mit solcher Vehemenz am Schweißriemen, dass ihr Führer Last hatte, ihr in die sperrige Douglasiendickung zu folgen. Äste schlugen Karl Buchholz ins Gesicht und rissen ihm mehrmals den Hut vom Kopf.

Seit einer halben Stunde waren sie nun bereits im Fuhrhofer Wald unterwegs. Josef hatte seine Fährte kreuz und quer durch die Bestände gezogen. Ohne erkennbare Fluchtrichtung hatte er sogar zweimal seine eigene Fährte gekreuzt.

Wenig später standen sie vor dem Wundbett.

Wundbett war eigentlich übertrieben, denn es war so gut wie kein Schweiß zu entdecken. Dies unterstrich, dass der Keiler nicht ernsthaft verletzt war. Er hatte sich einfach nur niedergetan, um ein wenig zu verschnaufen. Als wohlgenährtes Gattertier war er die Anstrengung in freier Wildbahn nicht gewohnt.

Karl Buchholz schaute auf seine Armbanduhr und drängte zum Aufbruch. Hedda gehorchte mit freudigem Bellen. Für sie schien es sich eher um ein lustiges Versteckspiel mit dem Kumpel zu handeln als um eine ernsthafte Nachsuche.

In den nächsten zwei Stunden trafen sie auf Spuren, die eindeutig belegten, dass Josef inzwischen mehr der leere Magen als seine Rauschigkeit plagte. Dies mochte zum einen damit zusammenhängen, dass das Schwarzwildvorkommen seit geraumer Zeit im Fuhrhofer Wald stark zurückgegangen war. Wenn keine Witterung von Bachen vorhanden war, verlor ein Keiler auch schnell das Interesse am anderen Geschlecht.

Zum anderen war es Josef nicht gewohnt, sich selbst mit Futter zu versorgen. Der winterliche Wald bot dem verwöhnten Haustier wenig Essbares. Die Mast der wenigen Eichen und Buchen des Fuhrhofer Waldes war längst von anderen Wildtieren aufgenommen worden.

So blieb dem armen Schwein nichts anders übrig, als im Papierkorb der Schutzhütte zu wühlen, wo gestern noch der Waldkindergarten seine Frühstücksreste entsorgt hatte. Wie es schien, hatte Josef außer ein paar Krümeln nichts finden können. Kopfschüttelnd stand Karl Buchholz vor dem in alle Himmelsrichtungen verteilten Unrat. Können die ihren Müll nicht mit nach Hause nehmen, dachte er bei sich, während er leere Keksschachteln und zusammengeknülltes Schokoladenpapier zusammensuchte.

Auf dem Wöhler-Hof herrschte derweil rege Betriebsamkeit. Es war kurz nach 14.00 Uhr. Geparkte Autos standen in jedem Winkel des Hofes. Grünröcke mit geschulterten Gewehren liefen geschäftig umher, zückten ihre Hüte zum Gruße. An die Treiber wurden Signalwesten verteilt, Hunde kläfften voller Vorfreude.

Schon bald hatte sich die Jagdkorona um Walter Wöhler geschart und lauschte dessen Worten. In knappen Sätzen schilderte der Jagdherr, dass am Morgen ein außergewöhnlich starker Keiler seinen Hof heimgesucht hatte. Leider wäre er derart überrascht gewesen, dass er überhastet geschossen und ihn nur angebleit hätte. Das angeschossene Stück wäre im Fuhrhofer Wald untergetaucht und dort wollte man ihn nun gemeinsam stellen.

Dass es sich bei dem Keiler um den allseits bekannten Josef vom Förster handelte und dass Karl Buchholz sich bereits auf der Nachsuche befand, erwähnte Walter Wöhler mit keinem Wort.

Ohne zum Aufbruch zu blasen – das Signal hätte den Bassen im nahen Fuhrhofer Wald warnen können – formierte man sich zum Abmarsch.

Just in diesem Augenblick rollte ein Streifenwagen im Schritttempo auf den Hof.

Josef hatte zum Leidwesen des Försters den Fuhrhofer Wald immer noch nicht verlassen. Die Nachsuche ging weiterhin im Zickzackkurs durch die Bestände, beschrieb große Bögen oder sogar Kreise. Hundeführer und Hund wurden mit jedem Schritt langsamer. Auch bei ihnen machten sich allmählich der Hunger und vor allem der Durst bemerkbar. Seit dem Frühstück hatten sie nichts mehr zu sich genommen.

Karl Buchholz war auf eine Lichtung getreten und reckte den Kopf in die Höhe. Er schnupperte den Wind. Es roch nach Frost – und nach Maggi.

Gleichzeitig vernahm er vor sich im Unterholz ein Knacken.

In der Zwischenzeit war es auf dem Wöhlerhof zu tumultartigen Szenen gekommen. Besaßen die beiden Streifenpolizisten doch tatsächlich die unverfrorene Frechheit, unmittelbar vor der Jagd eine penible Jagdscheinkontrolle durchzuführen. Alles Drängen und Schimpfen des Jagdherrn half nichts - im Gegenteil: Je lauter Walter Wöhler zeterte, desto langsamer kontrollierten die beiden Beamten.

Die peinlich genaue Kontrolle ergab, dass von den vierzehn anwesenden Jägern fünf keinen Jagdschein dabei hatten. Die vergesslichen Waidgesellen begaben sich in aller Eile nach Hause, um das Vergessene zu holen. Von den fünfen kehrten jedoch lediglich drei wieder zurück auf den Wöhlerhof - offenbar hatten zwei entweder urplötzlich die Lust am Jagen verloren oder - aus Versehen selbstverständlich - ausgerechnet in diesem Jahr ihren Jagdschein nicht gelöst.

Mit einstündiger Verspätung, leicht reduzierter Mannschaftsstärke und mächtigem Groll im Bauch setzte sich die Jagdgesellschaft schließlich doch noch in Bewegung.

Endlich hatte Hedda Josef gefunden, in einem kleinen Fichtenhorst. Freudig kläffend umkreiste sie die Baumgruppe, in der sich der Keiler eingeschoben hatte. Nur sein Bürzel lugte hervor.

Karl Buchholz trat vorsichtig näher. Josef ließ ihn gewähren, grunzte vertraut. Er schien einfach nur müde zu sein. Als der Förster den unteren Fichtenzweig anhob, um den Rücken des Keilers genauer betrachten zu können, entdeckte er die blutige Stelle. Es handelte sich um eine geringfügige Wildbretverletzung am Widerrist, für ein Monstrum wie Josef eigentlich ein Kratzer.

»Josef, komm!«, rief der Förster, dem die Erleichterung anzumerken war. »Josef, komm! Wir gehen nach Hause.«

Zu dumm, dass ich keine Erbsen in der Jackentasche habe, dachte er bei sich. Doch es bedurfte gar keines Lockfutters. Schon erhob sich der mächtige Basse und trottete zu Hedda hinüber. Diese lief erfreut Richtung

Waldrand. Beide Tiere hatten offensichtlich einigen Stalldrang. Karl Buchholz hatte Mühe, ihnen zu folgen.

Walter Wöhler stiefelte mit großen Schritten voran. Der Kleine Münsterländer an seiner Seite zog voller Ungeduld am Riemen.

Sie hatten gerade die Maismiete am Dorfrand hinter sich gelassen, als plötzlich einer aus der Jagdkorona rief: »Schaut mal, dort oben! Das gibt's doch gar nicht!«

Ein Dutzend Jäger, fünf Treiber und sechs Hunde blieben wie angewurzelt stehen. Ihnen bot sich ein denkwürdiger Anblick.

Keine hundert Schritte entfernt spazierten Keiler und Hündin in schönster Eintracht nebeneinander über den Acker. In gebührendem Abstand folgte der Revierförster Karl Buchholz mit großen Schritten. Die drei strebten schnurstracks der Försterei zu.

In diesem Augenblick begannen im Dorf die Kirchenglocken zu läuten.

Heute würden die Konfirmanden ihr Krippenspiel aufführen, fiel Karl Buchholz ein. Das hatte er im Kirchenboten gelesen. Und über den Titel hatte er schmunzeln müssen:

»Josef, lieber Josef mein ... «

Danksagung

An dieser Stelle möchte ich all denen danken, die mir beim Erstellen dieses Buches mit Rat und Tat zur Seite standen:

Susanne Lechelt, Großburgwedel,
Allison J. Cleary, Hinesburg, Vermont, USA,
Elisabeth Oehlschläger, Evensen,
Günter Schröder, Wieckenberg,
Otto Lindemann, Engensen,

ganz besonders
Ulrich Hilgefort, meinem spätschichterprobten Lektor,

und natürlich meine Familie
mit Timon, Adrian und Eva.

Die Geschichten in diesem Buch sind - mit einer Ausnahme - frei erfunden. Irgendwelche Ähnlichkeiten mit Begebenheiten und Namen, mit lebenden oder verstorbenen Personen sind nicht beabsichtigt und wären rein zufällig.

Ebenfalls von Christian Oehlschläger erschienen:

CHRISTIAN
OEHLSCHLÄGER

Der Kohlfuchs
– Kriminalroman –

gebunden
281 Seiten
Format 13,2 x 21

ISBN 978-3-7888-1093-9

In der Lüneburger Heide hat es seit sieben Wochen nicht mehr geregnet. Der Jahrhundertsommer lässt nicht nur Felder und Wiesen verdorren, sondern verursacht schon bald erste Waldbrände. Nach einem verheerenden Dickungsbrand in der Nähe von Wieckenberg wird die verkohlte Leiche eines Mannes gefunden. Die eines ortsansässigen Jägers.
Dass es sich nicht um einen tragischen Unfall handelt, beweisen die mit Handschellen gefesselten Hände des Toten. Kriminalhauptkommissar Robert Mendelski und seine junge Kollegin Maike Schnur von der Polizeiinspektion Celle wollten beide eigentlich in Kürze ihren wohlverdienten Jahresurlaub antreten, doch daraus wird nichts. Denn nur wenig später gibt es ein weiteres Opfer zu beklagen.

Verlag J. Neumann-Neudamm AG
Schwalbenweg 1 - 34212 Melsungen Tel. 05661.9262-26 Fax 05661.9262-19
info@neumann-neudamm.de www.neumann-neudamm.de

CHRISTIAN
OEHLSCHLÄGER

Die Wolfsfeder
– Kriminalroman –

gebunden
ca. 240 Seiten
Format 13,2 x 21

ISBN 978-3-7888-1194-5

In der Südheide, in der Nähe von Eschede, wird während einer Drückjagd eine grausige Entdeckung gemacht. Auf einem Streckenplatz, mitten im Wald, wo normalerweise die erlegten Stücke Wild aufgereiht werden, liegt die Leiche einer jungen Frau. Bei der mit Fichtenzweigen zugedeckten, kunstvoll aufgebahrten Toten handelt es sich um eine bildschöne Farbige aus der Dominikanischen Republik. Etlichen Jagdgästen ist sie keine Unbekannte. Zu den wenigen Jagdgästen, die das Opfer zu Lebzeiten nicht kennen gelernt haben, gehört Kriminalhauptkommissar Robert Mendelski von der Polizeiinspektion Celle, der sich sofort des Falles annimmt. Zusammen mit seiner jungen Kollegin Maike Schnur stößt er schon bald auf äußerst merkwürdige Spuren.

NEUMANN-NEUDAMM

Verlag J. Neumann-Neudamm AG
Schwalbenweg 1 - 34212 Melsungen Tel. 05661.9262-26 Fax 05661.9262-19
info@neumann-neudamm.de www.neumann-neudamm.de

NEUMANN-NEUDAMM

MICHAEL UHLAND

Im Visier der Stasi
Der Balzflug des Raben
- Kriminalroman -

gebunden
352 Seiten
Format 13,2 x 21 cm

ISBN 978-3-7888-1067-2

Der sechzigjährige Erste Kriminalhauptkommissar Paul Skudlarek kehrt nach langem, Klinikaufenthalt an seinen Arbeitsplatz zurück. Doch dort will man ihn nicht mehr. Skudlarek wird in den Osten verbannt – nach Krönitzheide. Er soll dort bis zu seiner vorzeitigen Pensionierung Außenermittlungen in einem alten, scheinbar längst kalten Fall durchführen.
Krönitzheide ist ein Dorf, umgeben von Wäldern, Waldmooren und Heide, nahe einem ehemals russischen Garnisons- und Truppenübungsgebiet. Paul Skudlarek wird dort mit alten Stasiseilschaften konfrontiert, mit Frauen und Männern, die fünfzehn Jahre nach der Wende, völlig unbehelligt, subversiv ihr Ding durchziehen. Nach anfänglicher Abneigung und Skepsis bekommt er eine Ahnung davon, dass diese Männer und Frauen durch die Wende auch ihren Lebensinhalt verloren haben. Sie waren einst die soziale Elite des souveränen Staates DDR – jetzt sind sie Sozialhilfeempfänger – und man mag sie nicht, weder im Osten, sowieso nicht im Westen, denn viele der in Krönitzheide lebenden Personen waren nach West-Maßstäben Kriminelle. Paul Skudlarek findet Indizien dafür, dass sie es immer noch sind. Aus heiterem Himmel geschieht plötzlich ein Mordanschlag auf ihn.

Verlag J. Neumann-Neudamm AG
Schwalbenweg 1 - 34212 Melsungen Tel. 05661.9262-26 Fax 05661.9262-19
info@neumann-neudamm.de www.neumann-neudamm.de

PETRA SCHABACKER-GERLAND
KARL-HEINZ VOLKMAR

Ist der Hirsch der Mann vom Reh?

gebunden
96 Seiten und zahlr. farbige Abb.
Format 21 x 20 cm

ISBN 978-3-7888-1033-7

Wo der Waldkauz ruft und das Wildschwein wühlt. Kinder wollen nicht nur wissen, was für Tiere in unseren heimischen Wäldern leben. Sie möchten auch detaillierte Information zu Lebensraum und Verhaltensweise. Die Autorin hat sich auf die Fährte von Rehen, Füchsen und Hirschen gemacht, die von dem europaweit bekannten Wildtierfotografen Karl-Heinz Volkmar in brillanten Fotos dokumentiert werden. Die Erfahrungen der Autorin als Pädagogin und Jägerin bieten Grundlage für einen fundierten Überblick über die Lebensweise unserer heimischen Tierarten im Zyklus des Jahres. Ein Natursachbuch, das Kinder ab 8 Jahre begleitet.

Verlag J. Neumann-Neudamm AG
Schwalbenweg 1 - 34212 Melsungen Tel. 05661.9262-26 Fax 05661.9262-19
info@neumann-neudamm.de www.neumann-neudamm.de

NEUMANN-NEUDAMM

JOHANN DANIEL GERSTEIN

Hubertus war mir wohlgesonnen

ca. 192 Seiten
zahlreiche s/w-Abbildungen
Hardcover
13,2 x 21 cm

ISBN 978-3-7888-1209-6

Erlebnisse, Rückschläge und Stunden der höchsten jagdlichen Befriedigung kennzeichnen die authentischen Erzählungen und Berichte dieses zweiten Jagdbuches des Autors. Lange hielt er es für unnötig, ein weiteres Buch über sein jagdliches Leben zu schreiben, doch wer sein erstes Buch kennt, erinnert sich nur zu gern an den unterhaltsamen unverbrämten Stil in dem Gerstein sein Erleben für andere einfängt und zu Papier bringt. Waidwerk und Fischerei haben ihn weit in der Welt herumkommen lassen, hier lässt er den Leser teilhaben an den Erinnerungen aus einem reichen Jägerleben.

Verlag J. Neumann-Neudamm AG
Schwalbenweg 1 - 34212 Melsungen Tel. 05661.9262-26 Fax 05661.9262-19
info@neumann-neudamm.de www.neumann-neudamm.de

NEUMANN-NEUDAMM

NEUMANN-NEUDAMM

KONRAD ESTERL

Wann I geh auf die Pirsch

ca. 192 Seiten
14,8 x 21 cm

ISBN 978-3-7888-1192-1

> Das 5. Buch des Bestsellerautors

Es gibt wieder etwas neues vom bayerischen Wildmeister Konrad Esterl. In seiner unnachahmlichen Art erzählt der Berufsjäger von seinen Erlebnissen, prangert die Missstände bei Jägern und Förstern an und schildert die wunderbaren Landschaften seiner geliebten Berge.

ebenfalls von Konrad Esterl erschienen:

Verlag J. Neumann-Neudamm AG
Schwalbenweg 1 - 34212 Melsungen Tel. 05661.9262-26 Fax 05661.9262-19
info@neumann-neudamm.de www.neumann-neudamm.de